風雲時代

Username
Password
sign in
首席駭客
7
風雲際會
銀河九天 著

Contents 目錄

第一章 海盜家族 5

第二章 大師級人物 31

第三章 錢萬能 55

第四章 古寺來歷 79

第五章 雁過留聲 105

第六章 盜版軟體 131

第七章 孺子可教 155

第八章 一山不容二虎 181

第九章 時來運轉 207

第十章 鹹魚大翻身 229

第一章　海盜家族

「貴族？」錢萬能一啐口，「狗屁貴族，他們家祖先其實是徹徹底底的海盜！」

「海盜？」劉嘯本來想著只要錢萬能說錯了，自己就出言羞辱他幾句，讓他趕緊離開，但萬萬沒想到錢萬能說西德尼的祖先是海盜。

車子回到軟盟樓下，熊老闆就已經站在那裡等著了。

劉嘯急忙下車走了過去，「熊哥，我過去給你彙報就行了，怎麼你還親自跑過來了！」

熊老闆拍了拍劉嘯的肩膀，「我發現讓你小子執掌軟盟，是我這生最大的一個失誤！」

「呃？」劉嘯當即愣住，這是什麼意思！

「應該讓你去給辰瀚做策劃總監才對啊！」熊老闆笑了起來，「哈哈哈，讓你在軟盟真是太屈才了，你小子不光是技術行，要起手段也是一流的嘛，隨隨便便這麼一弄，軟盟的知名度一下就打出去了，現在已經不光是全國知名了，整個世界怕是都不敢小覷軟盟了！」

「嚇死我了！」劉嘯這才知道熊老闆是啥意思，嘆道：「其實我這也是被逼到這地步，我是沒有選擇的餘地了，如果有別的選擇，我是絕不會選擇走這招險棋的。如果在黑帽子大會上失手了，那可真是不敢想像後果會是什麼，怕是我都沒臉再面對你了。話說回來，這次要是沒有你去法院那邊活動，讓他們把時間安排得這麼好，也絕對不會有這麼好的效果！」

「咳！」熊老闆擺擺手，「不管什麼結果，我都不會怪罪你的！怎麼樣，趁著現在的大好局勢，下面有什麼計畫沒？」

「有啊！」劉嘯笑著，「可以說，我現在是滿腔的雄心壯志！我準備把在黑帽子大會上展示的那個防火牆產品，做成各種版本，然後趁著這股熱勁一舉推向全球！另外，我還有個新的計畫，我準備推出一個安全協調技術的項目。」

「劉總，這項目是做什麼的？」在一旁的業務部負責人問道。

「呵呵，是這樣！」劉嘯給在場的幾個人解釋道：「我做了一個分析，現在這些企業的安全水準之所以上不去，很大原因是因為他們當初做企業的時候根本就沒有考慮到安全系統，等他們想到安全系統的時候，企業的操作模式已經固定，安全系統到最後只能屈從於企業的業務系統。這樣就造成了兩者的不統一，有的是安全系統為企業的正常運轉讓道，有的是業務系統遷就安全系統，最後往往是安全系統不能盡其安全之責，業務系統又被安全系統鉗制。最要命的是，一旦駭客突破安全系統，業務系統就完全裸露在駭客面前，這次事故中的那些企業，絕大多數就是因為這個原因而造成了損失。」

「對！」在場的幾個人點頭，道：「確實如此，如果換了是我們軟盟自己的系統，即便有駭客入侵進來，他也不可能接觸到我們的機密資料，我們的業務系統和安全系統是一體的，有著嚴格的許可權分配和多層防護措施！」

「沒錯！」劉嘯笑著，「所以，我們下一步，就是要解決這個問題，推出一種技術，在不改變客戶現有的業務系統和安全系統的前提下，給客戶提供解決方案，將兩者結合到一起，甚至是更加完善。這個計畫一旦成功，那我們軟盟就可以擺脫所有安全企業的現有運作模式，我們的客戶群體將無限擴大，甚至是其他安全企業的客戶，也會成為我們的客戶。」有了大飛的教訓，劉嘯現在講問題，最先拋出的就是對於軟盟的利益所在。

這下那幾個人都開始興奮了，「沒錯沒錯，就是別人已經做過了安全，我們還可以再做一遍！」

「還有一個好處！」劉嘯看著眾人，「我們可以自豪地告訴所有人，那些安全企業，包括華維在內，他們都是根據客戶的需求來設計方案的，而我們軟盟卻領先一步，客戶到我們這裏購買的不是安全方案，而是完善安全方案的方案！」

眾人被劉嘯這一說，頓時滿眼冒光。

劉嘯笑著問熊老闆，「熊哥，你看這個計畫怎麼樣？」

熊老闆一擺手，笑道：「我哪裡懂這個，你們覺得好就去做，我完全支持！」

「好，這事大家回去後先商量個方案出來，還有，注意保密！」劉嘯說完對熊老闆道：「咱們別在下面站了，上去吧！」

「不上去了！」熊老闆笑著，「我來找你，還有別的事呢，讓你這一說，差點給忘了！」

「什麼事？」劉嘯問道。

「我聽張春生說你下棋很厲害？走，到我那裏去，咱們邊下棋邊說！」熊老闆拖著劉嘯就走，「一會兒可不准給我留一手，把你所有的本事都拿出來！」

劉嘯無奈，只得招呼那幾個人先回公司，然後回身笑道：「我這都半年多沒下了，就是想藏也藏不住啊！」

熊老闆拉著劉嘯直奔自己設在辰瀚集團總部的辦公室，秘書早已經接到了他的命令，兩人到的時候，棋盤已擺好了。

「來來來！」熊老闆把劉嘯讓到棋盤前，「今天心情好，我一定要和你大戰三十回合！」

「呵呵！」劉嘯笑著搖頭，坐到了棋盤前，「來海城這麼久，還是第一次見你下棋！好，那我今天就捨命陪君子！」

「聽老張說，你以前可把他欺負得很慘，今天你必須把你以前殺老張用的那些個招術統統使出來。我告訴你，我可不是老張，想贏我不是那麼容易的！」熊老闆很高興，招呼秘書趕緊沏茶，然後就和劉嘯開戰。

殺過幾盤，互有勝負，熊老闆的棋藝確實比張春生要高出很多。

「熊哥，你不是還有事要說嗎？」看看棋盤上勝負基本已成定局，劉嘯問道。

熊老闆沉眉看著棋盤，苦苦思索著，「對，有件大事。封明市建立高新科技產業區的所有準備工作都做好了，過幾天就要正式宣布，屆時有個儀式，我要過去參加，你也去吧！」

「我？」劉嘯笑著，「我就不去了吧，那和軟盟又沒有什麼關係！」

「要去要去！」熊老闆乾脆推盤認輸，站了起來，「你一定要去，ＯＴＥ的人到時候也要參加。我這些天托人打聽了一下，自己又仔細地想了想，我覺得上面這次之所以如此重視，效率這麼高，很大程度是因為ＯＴＥ的進駐。咱們這邊，也只有你和OTE的人能說得上話，借著這次的機會，正好和他們商量一下今後的合作。畢竟這個產業區的事，是咱們和OTE合夥推出來的，所以必須和OTE搞好關係，大家齊心協力，這個產業區才會有前途。我和老張可是把所有的籌碼都押在了這個產業區上，輸不起啊！」

「這樣啊！」劉嘯也有些納悶，問道：「那你沒有去打聽打聽，看這個OTE到底有何神通之處，竟然讓上面對他們如此有信心？」

「怎麼？你也不知道嗎！」熊老闆詫異地看著劉嘯，「你和他們那麼熟，我還想從你這裏摸一下OTE的底呢！」

劉嘯笑著搖頭，「OTE其實我也不熟，只是和他們合作過張氏的企業系統。不過我從網監那裏倒是瞭解到一點點資訊，聽說OTE做的軟體項目都是全球性的，他們的合作對象不是有實力的政府，就是跨國性的企業和機構。」

「難怪！」熊老闆點頭，「OTE有這些個合作夥伴，本身就是個巨大的資源，如果真像你說的那樣，只要他的那些合作對象能有一小部分願意來封明投資，就已經很了不得了！」

「那好吧，我一會兒回去就把軟盟的事情安排一下，然後跟你去一趟封明！」劉嘯說道。

「其實，這只是其中一個原因！」熊老闆往沙發上一坐，「不是我說你，你應該多往封明跑一跑才行，現在老張不反對了，你和他家丫頭的事，算是定了下來，你老這麼待在海城也不是回事，感情這東西，離得遠了，慢慢就會疏淡了。我看要是封明那邊發展順利的話，你就把軟盟遷到封明去，軟盟也算是高新企業，進駐那裏剛好符合政策，還有不少的優惠。」

「我們很好，反正小花馬上就要畢業了，以後的事，誰也說不準。軟盟遷到封明的事，看看再說吧！」劉嘯笑說。

「你倒真沉得住氣！」熊老闆指著劉嘯，無奈地說，「我還是那句話，趕緊搞定！」

熊老闆每次都拿這個調侃他，真讓劉嘯沒辦法，他指著棋盤，「到底還下不下了？」

「不下了，不下了！」熊老闆擺手，「剛開始我還行，現在被你摸透了路數，再下就只有輸了，不下了！」

劉嘯便也離開了棋盤，「那我就回去了，軟盟那邊還有很多事要做呢！」

「官司剛贏，你也該鬆口氣了，我看今天就歇了吧，一會兒咱們一起去吃飯！」熊老闆道。

「現在可不是休息的時候，咱們得趁熱打鐵，我還有好多個計畫等著做呢！」劉嘯把杯子裏的茶一飲而盡，「再說，我還得準備去封明的事呢！」

熊老闆沉眉道：「也好，我這次估計會在封明待個三五天，你回去後就先把公司的事都安排好！」

劉嘯當下和熊老闆告辭，又往軟盟趕去。

今天要不是熊老闆主動提出下棋，劉嘯都已經忘記了自己還會下棋這回事，從離開學校後，劉嘯就再沒有下過棋，因為沒有時間，也沒有精力，手頭總有做不完的事，對手一個接著一個，自己甚至連個喘氣的工夫都沒有。回軟盟的路上，劉嘯不住地感慨，過去做學生的好時光是一去不復返了，自己只盼著軟盟能趕緊突出重圍，那時候或許自己還能稍稍閒下來。

「劉總！劉總！」

劉嘯剛到軟盟樓下，一下車，就聽遠處有人喊自己，回頭去看，只見遠處有個矮胖的人在那裏跳著腳大喊，一邊喊，一邊朝自己揮著手。

矮胖子的四周，站了八個黑人保鏢，又高又壯，每個都穿著黑西裝，戴黑色墨鏡，矮胖子朝自己這邊走一步，那八個人也是一步不差地跟上一步。幾人的背後，是一字排開的車陣，中間是輛加長型的禮車，看不出什麼牌子，其他那幾輛則是價值百萬的賓士，每輛車前還站了一名保鏢守著。

劉嘯趕緊往四周看了看，心裏納悶，這不會是哪個電影公司跑這裏拍片來了吧。

「劉總別看了，我就是喊你呢！」矮胖子此時終於跳到了劉嘯跟前。

「找我？」劉嘯睜大了眼睛，自己可不記得認識這號人。

他有點猜不透這矮胖子的來歷，瞧這陣勢，不是暴發戶就是拍戲的，黑社會應該不可能，哪個黑社會敢光天化日擺這個陣仗啊?!

「我就是找你啊，劉總！」矮胖子說著，從口袋裏掏出手帕，就剛才這幾步，胖子就出了一臉汗。

劉嘯笑道：「找我有事嗎?咱們好像不認識啊！」

「有事，有事！」胖子擦完汗，把手帕收好，掏出一張名片，遞了過來，「鄙人姓錢，錢萬能，找劉總談點生意上的事情！」

「錢萬能?!」劉嘯接過名片一看，上面還真印的是「錢萬能」三個字，不禁傻眼，還有人叫這名，看來張小花也得甘拜下風啊！

「對，對，錢萬能就是鄙人！」胖子又拿起手帕擦汗，保鏢一看，趕緊甩出一把扇子，替胖子搧了起來。

「國際著名的大富豪？」劉嘯念著名片上的稱號，就這幾個字，然後什麼也沒有，翻過名片背後，是幾個大字「金錢就是萬能的！」右下角還幾個芝麻小的字：「錢萬能題」，劉嘯感覺自己就像是被雷劈了，這錢萬能也太有才了！

「見笑！見笑！」錢萬能客氣著，然後一瞪自己身後那搧扇子的保鏢，「搧我這裏幹什麼，過去給劉總搧！」

「別別別！」劉嘯一抬手，「我可從沒享受過這種待遇！」說完一皺眉，道：「既然錢……哦，錢先生是來談生意的，那咱們就樓上談吧，到公司裡，這裏不是談事的地方！」

「好，聽劉總的，我客隨主便，客隨主便！」矮胖子笑起來，活像個彌勒佛。

劉嘯前面領路，錢萬能在保鏢的簇擁下跟在後面，這一進樓，把大樓的保安都嚇傻了，以為是來鬧事的。

「我的客戶，沒事！」劉嘯趕緊解釋道。

「錢先生請坐！」上了樓，劉嘯招呼錢萬能坐下。那幾個保鏢，就把守在會議室的各個角落。

「劉總也坐！」錢萬能看劉嘯坐下，便也坐了下來，四下裏一打量，便撇嘴道：「嘖嘖，劉總這裏可不怎麼樣啊！這樣吧，我回頭找人給你重新裝修一下，桌子椅子，還有這裏的所有東西，我全都給你換成最貴的，按照我家裏的那套標準來！」

劉嘯一聽差點沒把茶水給噴了出來，趕緊擺手，「別別別，我用著挺舒服的！你不是要談生意嗎？咱們說正事吧。」

「對對對，說正事！」錢萬能笑咪咪地看著劉嘯，「我聽說劉總設計了一套軟體，就是在那個什麼會上展示的那套，讓西德尼出醜的那個……」

劉嘯點頭，「是有這回事！」

「我想買！」錢萬能看著劉嘯，拍著胸脯，「你放心，我有錢！」

劉嘯真想撞死算了，搞了半天，是一個買軟體的啊。

「這個……，錢先生不用著急，我們這個產品目前還需要再加強，過一段時間，我們的軟體就會上市發行，到時候你隨便找個店都可以買到，不必親自過來。或者你留個地址，我到時候讓人給你寄過去！」

「不是，不是……」錢萬能一急，汗又出來，「不是買，是賣！我這幾天全是在買東西，說順嘴了！我是想賣你這個軟體，我想拿到你這個軟體在全球的代理發行權！」

劉嘯大汗，心裏暗道自己今天算是碰到極品了，只好搖頭道：「這個我現在無法給你答覆，我得核實一下你的實力和資格，然後才能決定是否把代理權給你！」

「我的實力還用核實嗎？」錢萬能就像是受到了極大侮辱似的，說著就急了，又拽出自己的名片，「你看看，國際著名的大富豪，這不明擺著的嗎？就算這個不行，那還有這個呢！」錢萬能指著背後的那幾個字，「金錢就是萬能的，你放心，我有錢！」

「這不是錢不錢的問題！」劉嘯說：「公司有規定，做我們的代理商，必須要達到一定的資格和實力。這樣吧，你把你們公司的資料留下來，我們會儘快核實和答覆的！我還有點事，就不留你了！」劉嘯說著站起來，做出了送客的架勢。

在他看來，這個錢萬能不是個騙子，就是個暴發戶，也不知道從哪裡知道了黑帽子大會的事，就跑來湊熱鬧，估計他連軟體是怎麼回事都不曉得，張口就是全球代理發行權，自己現在連能否做好國內這個市場都還沒準呢。

劉嘯剛一站起，錢萬能的保鏢一步上前，就把劉嘯按在了椅子上。

「怎麼？你還想強買強賣吶！」劉嘯瞪著錢萬能說。

「你想造反啊！」錢萬能跳腳過來，把那保鏢給「彈」到了一邊，然後到劉嘯面前，笑說：「手底下人不懂事，劉總，你千萬別生氣。咱們還是繼續談正事，你應該相信我的實力，只要你肯把軟體的代理權給我，我保證把它給你賣到世界的任何一個角落去。」

「抱歉！」劉嘯搖頭，「我最不能相信的，就是你的這個保證啊！」

「為什麼呢？」錢萬能圍著劉嘯直打轉，「我錢萬能從來都不輕易給人下保證的！」

「空口無憑啊！」劉嘯一攤手，沒想到這個傢伙還挺難纏，「我到現在連你公司的名字都不知道，僅憑你的一張名片、一個空口保證，你讓我怎麼敢跟你做生意！我還是那句話，如果你對我們的軟體有興趣，就請你留下你們公司的資料，我們核實之後自然會跟你聯繫的！」

「怪我，怪我！」錢萬能拍著腦袋，「我以為你一看我名片就會知道我的實力呢！」錢萬能拉過椅子，坐在了劉嘯身旁，道：「那我給你做個簡單的介紹吧……」

錢萬能說著，突然撓頭道：「你讓我想想，太久沒給人做介紹了，一時還想不起該從哪裡說了！」

劉嘯真是狂汗，這錢萬能到底是傻呢還是有病，被這麼個傢伙耽誤這麼長時間，劉嘯真是有點怒了，站了起來，「看來錢先生今天好像沒有準備好，那咱們就改天再談吧，其實你不必著急，我們的軟體還得一段時間來改版呢！」

「哎呀，劉總還真是急性子！」錢萬能又把劉嘯按回椅子裏，「是這樣，我呢，是從事這個國際販賣的，用俗話講，就是個國際貿易商，缺什麼我就搞什麼。早在明朝時，我們家族就開始幹這個行當了。起先，我的祖先是販賣瓷器、茶葉、香料以及各地特產，後來交通越來越發達，這些東西也就不那麼寶貝了。現在我們賣的東西，都是別人搞不到的稀罕玩意兒。不是我自誇，這個地球上，還沒有我錢萬能搞不來的東西。」錢萬能得意地說。

「好像我們的軟體還沒有那麼稀罕吧，似乎並不值得你出手！」劉嘯無奈地說。

「值得，值得，完全值得！」錢萬能笑道，「你們的軟體能讓西德尼東手無策，就絕對值得，我一定要把你們的軟體賣到世界各處！」

錢萬能已經是第二次提到西德尼了，這讓劉嘯有點好奇，「怎麼，錢先生認識西德尼？」

「認識！」錢萬能一拍大腿，「可以說是太認識了，我們錢家認識西德尼家族有好幾百年了，他們家的底子，我是一清二楚！」

「哦？」劉嘯看著錢萬能，心想這個傢伙真是太能忽悠了，於是就起了捉弄他的心思，道：「聽說西德尼是貴族出身？」

「貴族？」錢萬能一啐口，「狗屁貴族，他們家祖先其實是徹徹底底的海盜！」

「海盜？」劉嘯本來想著只要錢萬能說錯了，自己就出言羞辱他幾句，讓他趕緊離開，但萬萬沒想到錢萬能說西德尼的祖先是海盜。

「我的祖先幹海上買賣的時候，西德尼的祖先就已經是個海盜頭子了，後來，西德尼的祖先被更大的一夥海盜打壓，就領著一夥人尾隨我祖先的商船到了美洲、非洲，在那裏大肆燒殺搶劫，捲走了不少的金銀財寶。有了這些錢，西德尼就不做海盜了，也學起我們錢家幹起了海上販賣，還在世界各地買了大片的土地。因為他資助過不少國家的政權，就被封了個貴族！」錢萬能露出一副不屑的表情，「到了現在這個西德尼手裏，其實早都算不上什麼貴族了，只剩下個空架子，他們家的那些封地被賣得十之八九，手裏也沒有什麼特權了，國際買賣的業務也早被我們錢家給打垮了，要不是這傢伙手裏還有一座礦山，我連理都不想理他！」

劉嘯一時倒也分辨不出這個傢伙說的真假了。

「你可能不知道，西德尼家的這座礦山，不是一座普通的礦山，那裏生產一種別的地方絕對沒有的奇怪的金屬原料，這些年要不是我們錢家時不時去買上一批這種原料，西德尼家族早就支撐不住了。可這傢伙總覺得錢家低他一等，每次看見我，眼睛不是眼睛、鼻子不是鼻子的！為了生意，我是一忍再忍啊！」錢萬能又一拍大腿，「這次你們能讓那個傢伙束手無策，我心裏別提有多爽了。我對西德尼太瞭解了，他生平最以為傲的，就是自己的駭客技術，這些年，我也找了不少的駭客高手去尋西德尼的麻煩，次次鎩羽而歸，反倒把那傢伙的水準給越弄越好了。」

「你要我們的代理權，就是因為這個？」劉嘯看著錢萬能。

「是啊！」錢萬能站了起來，「當然，我們錢家雖然以前沒有賣過軟體，但我們有別人所沒有的優勢。你的這個軟體現在出盡了風頭，但也引起了很多人的注意，你想要向全球推廣，能不能取得其他國家的銷售許可，是個很大的問題，但這對我們錢家來說，根本不是個問題，我可以幫你拿到任何一個國家的銷售許可，就衝這一點，我覺得你也應該把代理權給我們。」

「說實話，你說的正是我所頭疼的！」劉嘯笑著，眼前這個矮胖子真是外愚內秀，自己差點就讓他給騙了，這個傢伙能一下切中自己心裏最擔憂的事，就說明他絕對不簡單，只是劉嘯不知道這傢伙為什麼一開始會表現得那麼差勁，會不會是有什麼別的目的？

劉嘯一皺眉，「可我還是不能把代理權給你！」

「為什麼？」錢萬能小眼瞪著劉嘯。

「我說過了，公司在這方面是有嚴格規定的，雖然說我們的這個軟體並不珍貴，但也不可能憑你幾句話就把代理權給你！」劉嘯說，「除非你能證明你說的這些都不是空話！」

「唉……，現在的生意真是越來越難做了！」錢萬能無奈地嘆息，「看來今天是談不成了，這樣吧，反正我這次還要在國內待一段時間，等忙完手頭的事，我還會再來海城和你談一次，那時候我會給你帶一些證明的。」

天吶，這個傢伙終於有要走的意思了，劉嘯真是求之不得，趕緊站起來，「其實我能看得出來，錢先生是非常有誠意的，我們軟盟非常感激你的這份誠意，也希望錢先生能理解我們的謹慎，希望我們今後能有合作的機會！」劉嘯伸出手，想跟錢萬能握手道別。

誰知錢萬能突然伸手往背後撓去，似乎背後很癢，可惜他實在太肥了，胳膊繞不過彎，乾著急摸不到後背，保鏢一看，趕緊過來幫他撓著。錢萬能便叫了起來，「上，上，左邊一點，好，就是這裏！」

「錢先生？」劉嘯的手不知道該不該收回，心想這錢萬能不知道又在作什麼怪，不會是還不想走吧?!

「唔……」錢萬能肥胖的身軀扭動了幾下，舒服得眼睛都眯了起來，「好，就這麼撓！」說完，就朝外面走去，那保鏢就跟在後面給他撓著，全公司的人眼睛都直了。

錢萬能離開後許久，劉嘯才回過神來，趕緊通知幾個部門的負責人開會，一來安排今後的工作計畫，二來就是商量如何趕緊把軟盟的這個策略防火牆推出去。

與此同時，方國坤那邊也正在開會。

會議室的大螢幕上正在播放昨天黑帽子大會上的那一幕，黑帽子大會的現場是嚴禁錄影拍照的，也不知道這幫人是怎麼搞到現場錄影的。

「大家有什麼看法？」錄影一播完，方國坤就問旁邊幾個人。

「去年我們也發現了虛擬攻擊，而且一直都在研究，但遠沒有西德尼研究得那麼透澈，他可以說是把虛擬攻擊發揮到了極致！」說話的正是方國坤的跟班小吳，「目前我們對於虛擬攻擊還沒有什麼好的防禦措施，一旦這種攻擊手法蔓延開，不光是對我們的網路，對全球的網路，都是個極大的威脅。」

「繼續說下去！」方國坤點著頭，示意小吳把話說完。

「前段時間，我們在對劉嘯的監控資料裏，發現了一個叫做『踏雪無痕』的人有虛擬攻擊的痕跡，他是我們監控到的第三個會使用虛擬攻擊的人物，到現在，我們也沒有弄清楚踏雪無痕的身分。這次軟盟在黑帽子大會上展示的這套軟體，大大出乎了我的意料，沒有想到劉嘯也會虛擬攻擊，甚至還有這麼一套對付虛擬攻擊的防禦軟體，看來會使用虛擬攻擊的人數，遠遠超出了我們的預估。」小吳皺眉，「相信現在很多國家的安全官員和我們一樣頭疼，如果沒有有效的防護措施，就必須儘快把所有會使用這種技術的人找出來，否則，網路沒有任何秘密。」

「對於劉嘯的那個軟體，你怎麼看？」方國坤問道。

「現在軟盟並沒有公開發售這種軟體，除了提供給黑帽子大會一套，再也找不出多餘的一套。不過，僅憑黑帽子大會上的一次勝利，我們還不能判定這套軟體對付虛擬攻擊就百分之百有效。」小吳頓了頓，「如果有可能的話，我認為我們還是要從劉嘯那裏得到虛擬攻擊的原理，這才是當務之急。」

方國坤嘆氣，「上次我們監控劉嘯被他發現，他就小心了很多，怕是沒有辦法再從他那裏得到什麼了。我現在擔心的是，這次軟盟在黑帽子大會上出盡風頭，估計有不少人已經盯上了劉嘯，要是有別的人從劉嘯那裏得到了虛擬攻擊的原理，就很危險了。」

小吳想了想，「那要不我們派人到軟盟去打探一下，看看他這套軟體到底能不能防禦虛擬攻擊，我們也好有個防範！」

方國坤沉思片刻，「打探一下也好，但不要被劉嘯識破！」

「知道，我這就去安排！」小吳站起來就往外面走。

剛拉開門，門外正好站了一個人準備敲門，看見小吳，道：「吳科長，緊急消息！」

「說！」

「監控錢萬能的人發來消息，說錢萬能去了軟盟！」

「怎麼回事？進來說！」方國坤也聽到了，趕緊喊那人進來。

「報告，錢萬能剛才去了軟盟，原因目前還不清楚！」那人進來後又說了一遍。

「消息沒有錯吧？」方國坤問道。

「我們的人親眼看到的！錢萬能這次一改往日低調作風，大搞排場，他在軟盟樓下攔到了劉嘯，然後帶著八個保鏢進了軟盟，很多人都看到了，他在軟盟待了不到半個小時就離開了！」

「好，我知道了！」方國坤抬手打發那人出去，就皺起了眉頭，錢萬能這個國際大販子，跑到軟盟去幹什麼？錢家似乎從未涉及過安全產業啊！

「會不會錢萬能的目的也和我們一樣，他也是去試探消息去了？」小吳問道。

「有可能！」方國坤點了一下頭，「可他為什麼要試探這個呢，他又是為誰去試探呢？還有，他今天大搞排場，用意何在？」

方國坤有點摸不透錢萬能今天這個舉動的意思。

「我們負責監控的對象，全都是可以用技術改變世界格局的天才，只有這個錢萬能是個特例，他一點技術都沒有，甚至人還有點顛三倒四，可這個傢伙卻是我們監控對象中能耐最大的一個，他擁有五十多個國家的合法國籍，這個世界上幾乎沒有他搞不到的東西。他最近的一筆交易是在上個月，販賣的東西，是愛因斯坦大腦的一部分，愛因斯坦死後，大腦被切為兩百四十塊，後來有一部分神秘消失。」

小吳也覺得有些不可思議，這錢萬能真是成了精，怎麼會搞到這東西的，「錢萬能還曾販賣過愛因斯坦人生中最後一段時光的研究筆記，你說，他這次會不會是準備販賣虛擬攻擊的原理？」

「有可能！」方國坤一皺眉，「不過這個可能性非常小。錢家祖祖輩輩都是生意人，雖然對於普通人來說，這個家族顯得十分神秘，但他們一直都是光明正大地做合法買賣，只是普通人接觸不到而已。幾百年來，錢家販賣過的東西可謂是無奇不有，但卻有個共通性，那就是全都是實物，他們從來沒有販賣過機密資料之類的東西。美蘇冷戰期間，雙方的情報部門都曾想通過錢家獲取對方的情報，這對錢家來說根本不是問題，但錢家卻拒絕了。遠的不說，就拿現在的錢萬能來說，他販賣過原子彈、軍事衛星、隱形飛機，甚至是月球上的稀有礦石他也販賣過，但獨獨沒有販賣過別人的機密資料，這是錢家的經商祖訓，如果不是這樣的話，錢家的生意也不可能做到現在。他們是商人，但絕不是間諜。」

「那錢萬能怎麼會跑到軟盟去？」小吳很費解，「只有各國的政府以及那些世界級的富豪，才會買得起錢家的東西，我實在想不出除了虛擬攻擊的原理外，軟盟還有什麼東西值得錢萬能親自去辦。」

「算了，猜不到就不要亂猜！」方國坤捏了捏額頭，他也被錢萬能今天的反常給弄得有些頭疼，「讓我們的人緊緊跟著錢萬能，直到他離開中國，這次可不能再讓他把什麼東西給弄走了！」

「明白，我早就吩咐下去了！」小吳說道。

「另外，軟盟方面，要密切注意那些來和軟盟談合作的人或者企業，不要被某些人鑽了空子！」方國坤撫著發痛的額頭站了起來，「好了，散會吧！」

第二章　大師級人物

熊老闆翻看了幾頁，不禁連連咂舌，「設計這座大樓的人，絕對是位大師級的人物，整座大樓的格局大開大合，各處風格完全不同，但組合到一起，卻絲毫不影響大樓整體的結構安全，實在是厲害！」

軟盟的會議，此時才剛剛進入高潮。

「什麼？又要砍？」業務部的負責人睜大眼看著劉嘯，「再砍，咱們可就沒什麼項目了！」

「舊項目砍了，可以集中精力做新項目嘛！」劉嘯抿了口水，「這次要砍的，主要是那些基礎性的硬體產品，這些產品功能單一，利潤小，而且技術含量低，只要是安全企業就能做。這些項目非但不能帶來贏利，而且還會給咱們帶來不少的麻煩，就像這次的事件一樣。客戶有時候根本不知道安全問題的多面性，他們以為買了一件安全產品，就可以應付所有的安全問題，所以只要有個風吹草動，他們就會認為是咱們的產品出了問題。以後在這些硬體產品上，咱們要徹底放棄低端市場，只保留兩到三個潛力項目，集中精力做中高端市場。這樣做，還可以舒緩咱們的壓力，安全市場不同於其他市場，無法做到壟斷，我們得讓其他的小企業也有飯吃，他們有飯吃了，才不會來跟我們搶市場，畢竟低端市場的容量非常大，足夠養活很多家小型安全企業。」

會議室的人仔細想了想劉嘯的話，覺得也有道理，他現在是放小錢抓大錢，眾人一合議，最後同意了劉嘯的提議，「砍掉之後要怎麼辦？」

「撤裁下來的人員，全部編入技術研發隊伍，我們一定要將自己的高端產品做到精益求精，雖說硬體產品更新週期慢，但我們至少得保證每個月都有一次功能性更新，每兩個月有一次技術性的更新；每半年就要將產品更新換代一次，功能提升一個檔次。只有這樣，我們才能牢牢把握住高端市場，就算將來在高端市場站不住，我們也可以憑藉技術優勢，迅速將低端市場的競爭者全部擠走！」

劉嘯看來這次是下了狠心了，做低端只會分散軟盟的精力，樹立更多的敵人，而集中精力做高端，卻可以進退兼顧。

「好，就這麼辦！」眾人都點頭。

「下面再說我們的這個策略級安全產品吧！」劉嘯頓了頓，「這個產品本來就屬於一個高端的軟體防火牆，加上本次黑帽子大會上的良好表現，我們想要拿下高端市場，應該不成問題。但我們不應該僅限於此，我準備在咱們開發的那款個人反間諜反入侵的系統裏，也添加一些簡單的策略級核心，軟體市場不同於硬體市場，但個人作業系統上，微軟卻是一家獨大，我們應該利用這個策略級技術的優勢，迅速佔領個人安全軟體市場，就算產品不賺錢，只要占住市場，我們手裏的個人用戶本身就是一個巨大的資源！」

「這個沒問題，就照你說的做，我們事先都討論過好多次了！」業務部的負責人說。現在軟盟被媒體炒得火熱，軟盟的這個產品只要一出，根本都不用自己吆喝，估計有好多人都盯著，誰不想體驗一下那款狙擊了西德尼的產品呢。

「我最近要出一趟差，在這段時間內，你們先把撤裁項目的事商量著給辦了，順便準備一下招商的工作，給全球所有符合代理資格的企業都發去邀請函，看他們有沒有興趣代理我們的策略級產品。」劉嘯笑了笑，「等我回來後，咱們就舉行新聞發佈會，正式推出我們的產品。」

說到這裏，劉嘯突然想起一件事，「審查代理商資格的工作，一定要做仔細，可千萬不要選那些皮包公司！」劉嘯這句主要是針對錢萬能說的。

「放心吧，我們一定做到萬無一失！」眾人應道。

「對了，你們誰有大飛的消息？」劉嘯突然問。

眾人都是搖頭，「他離開公司後，整個人就像消失了一樣，電話也換了，根本聯繫不到！」

「唉……」劉嘯嘆了口氣，大飛太急性子了，當初他只要能多給自己一個月的時間，事情就可能不是這個結果，「那商越什麼時候回來？」

「黑帽子大會明天閉幕，給商越安排的是大後天的飛機！」人事部的負責人說道。

「這樣啊……」劉嘯心裏一盤算，看來自己去封明之前，是等不到商越回來了，劉嘯咳了一聲，「大飛現在聯繫不到，估計是在躲我們，他是不打算再回軟盟了，咱們的技術總監也空缺了有一個多月，不能就這麼一直空下去，我們得重新找一個合適的人來擔當這個職位，把公司這一系列的項目都運作起來。」

「是不能再空置下去了。」眾人點頭。

「你們覺得讓商越來做這個技術總監怎麼樣？」劉嘯問道。

「商越？」人事部的負責人有點意外，「雖說商越進公司以來，一直都很努力，可畢竟是年輕了點、資歷也淺……」

「我覺得合適！」業務部的負責人當即反駁，「咱們新的人事任免制度，可沒有限制年齡和資歷，就衝商越這次在黑帽子大會上的表現，我就覺得她絕對能勝任這個職位！」

「咱們要的是技術總監，不是公關部的總監，主要還是要看技術水準！」人事部的主管反對。

「那就說技術，別的不說，就說商越接手那個個人反入侵系統的項目後，她設計出的系統大家認為如何？」業務部負責人看著眾人。

眾人想了想，道：「平心而論，比起大飛是只好不壞！」

「那不就結了！」業務部負責人一拍桌子，「商越的技術不比大飛差，而且咱們軟盟新上馬的三個項目中，就有兩個是商越負責設計完成的，不為別的，就為了軟盟今後這一階段的發展，也應該讓商越來做這個技術總監！」

業務部負責人這麼一說，大家仔細一想，發現還真是這麼回事。劉嘯定案的三個項目，除了策略級產品劉嘯自己負責，網情部和個人反入侵系統還真是讓商越默默無聞地給做完了。

「大家舉手表決吧！」劉嘯做了決定，「同意商越擔任技術總監的，請舉手！」

劉嘯第一個舉手，然後就是業務部主管，剩下那幾個人想了想，最後都舉了手。

「那就這麼決定了！」劉嘯把手放下，「等商越回來後，你們就代表公司宣布這個任命，然後把那個關於安全協調技術的構想跟她談一談。還有一件事！」劉嘯看著人事部的負責人，「按照公司新的獎勵制度，商越出色的完成兩個項目，又在黑帽子大會上有極佳表現，公司是應該給予獎賞的，你回頭就把她的績效考核做好，然後送到財務部，等商越一回來，就把獎金發到她的手上！」

「好，我知道了！」人事部主管點頭。

「那就這樣吧，散會！」劉嘯擺手示意大家可以走了，然後自己率先走了出去，他還得趁這兩天的工夫把策略級的產品細分一下，根據用戶操作環境和安全需求的不同，分出個人版、企業版、商業版、伺服器版等各種版本來。

兩天後，劉嘯接到了熊老闆的通知，只得扔下手頭的活，隨著熊老闆去了封明。張春生和張小花早都等在了封明機場，兩人一下飛機，就被張氏父女倆給接到了車上。

張小花許久沒見劉嘯，覺得劉嘯變化很大，一切都很新鮮，於是拽著他不放手，問東問西的，忙得劉嘯連跟張春生打招呼的機會都沒有。

「老張，OTE的代表來了沒有？」熊老闆笑呵呵地看了一眼那對小情侶，轉頭問著張春生。

「來了！」張春生回說，「不過ＯＴＥ現在就來了幾個接待人員，主要是負責接待他們請來的一些客人，據說這次的儀式上，ＯＴＥ的老總也會親自到場。」

劉嘯一聽，趕緊按住了張小花，他想聽聽張春生還有什麼關於ＯＴＥ的消息，ＯＴＥ的老總一直是個神秘的存在，就連網監那邊也不知道ＯＴＥ的總監是何許人物，沒想到他這次居然會親自參加技術區的儀式，這倒是令人非常期待啊。

「ＯＴＥ這次自己還請了客人過來？」熊老闆有些意外。

「他們說是請了一些生意上的合作夥伴，讓他們來封明看看投資環境！」張春生咂了一下嘴，「現在來的這幾個人，不知道是什麼來頭，不過看起來很有錢吶，排場一個比一個大，目前都住在我的酒店裏，總統套房都被訂光了，你一會兒只能委屈一下了。」

熊老闆笑說，「只要他們肯到封明投資，那就是咱們的財神爺，我委屈一下不要緊，可不能讓財神爺委屈啊！」

「據ＯＴＥ的人說，過幾天舉行儀式時，還會有很多人過來，都是全球知名的高新企業的代表！」張春生又說，「現在酒店那幾天的房間全被預訂光了！」

「都來了哪些企業？」劉嘯問道。

「那些公司、人名全都是洋文，我一個包工頭，哪裡認識？不過秘書小李看到預訂房客的名單時，眼睛都直了，說我們酒店簡直都趕得上開那個什麼會了，反正就是說那些企業很頂尖的意思。」張春生笑得嘴巴都合不攏了。

「哦！」熊老闆長長舒了一口氣，笑道：「看來OTE的能力還真是不小。」

車子直接開到了春生大酒店樓下，下了車，就看見酒店前停滿了各式高級轎車。張春生指著那些車道：「你們看看，這還是OTE請來那幾個人隨從的車，正主的車，現在都停在地下停車場呢，不敢開出來，開出來非得把封明這座小城市給震壞了不可，哈哈！」

眾人掃了幾眼那些車，然後進了酒店。

「咦？」劉嘯一進酒店，不禁驚訝一聲。

「怎麼了？」旁邊的張小花順著劉嘯目光看去，就看見一個矮胖子的背影。

那矮胖子此時正晃動著碩大的屁股，趴在沙發的背靠上扭來扭去，沙發那兒，有酒店提供的一台超大螢幕電視機，此時正在播著球賽，胖子手裏拿著一杯奶茶，使勁地吸著奶茶，「滋滋」作響。胖子的旁邊，還站了一位酒店的貼身管家。

此時，熊老闆和張春生也發現了劉嘯的不對勁，張春生過來拍了一下劉嘯，然後指著胖子的背影低聲對眾人道：「看見沒，這就是OTE請來的客人，比我老張還土豪，哈哈！」

「我認識這人！」劉嘯說完就逕自走了過去，來到矮胖子後面，道：「你好啊，錢先生，沒想到我們這麼快又見面了！」

錢萬能回頭看見劉嘯，也是有點意外，不過隨後便面露喜色，道：「劉總，你跑到這裏來，是不是同意了和我的合作啊？」

劉嘯搖搖頭，笑道：「不是，我來封明辦點事，剛好看見了錢先生，就過來打個招呼！」

錢萬能頓時面色一僵，對他旁邊的貼身管家道：「我背癢，回去幫我撓背。」說完，奶茶也不喝了，扭頭就往樓上去了。

「錢先生……」劉嘯叫了一聲，錢萬能沒有理會，劉嘯心裏十分納悶，這錢萬能怎麼回事，怎麼老是背癢啊。

張春生跟上來，看著錢萬能進了電梯，「怎麼回事？」

劉嘯搖頭，「我也不知道，這個人本來就有點奇怪！」

張小花湊過來，「我就奇怪他怎麼能長那麼胖，呵呵。」

「長得胖又不是什麼錯！」劉嘯回頭拽了張小花的馬尾一下，「你可不要當著人家的面說這個！」

「知道啦！」張小花白了劉嘯一眼，「我只是有點奇怪而已，OTE怎麼會請來這麼奇怪的一個人呢！」

「對了，張叔，OTE現在都來了些什麼人？」劉嘯問道。

「領頭的還是文清，其他幾個人我也不認識，生面孔！」張春生道。

劉嘯回頭看著熊老闆，「熊哥，咱們既然來了，那就先過去跟OTE的人打個招呼吧，順便瞭解一下這次都來些什麼人，咱們也好做準備！」

「行！」熊老闆點頭，「應該這樣！」

張春生前面帶路，「那跟我來吧，我知道文清的房間！」

幾個人上了樓，走到文清的房間門口一敲門，文清打開了門，一看見劉嘯，有些意外，「是你啊，劉嘯，好久不見！」

劉嘯和文清握了握手，「文清大哥，我給你介紹一下，這位是……」

「這位一定是大名鼎鼎的熊老闆吧！」文清朝熊老闆伸出手，「久仰大名！還有張老闆，張小姐，都來了啊，來，快請進，進來說！」文清趕緊把這幾個人都讓進了房間。

「封明市的這個技術區，是由ＯＴＥ牽頭，我們辰瀚和張氏從旁協助，咱們三家共同推動的。可以說，咱們算是合作夥伴，可我一直都沒能去拜訪貴公司，實在是失禮得很。」熊老闆笑著，「你可不要見怪啊！」

「哪裡哪裡！」文清給眾人倒水，「這次ＯＴＥ入駐封明，可以說是到兩位的地盤上叨擾來了，按照禮節，應該是我們去拜訪才對，今天兩位一起來，真是讓我慚愧得緊。」

張小花最受不了的就是這些客套話，當下就撇著嘴，「你們能不能不要每次見面就這麼多客氣話啊，我聽著都起雞皮疙瘩，以前又不是沒見過，都熟得不能再熟了，是不是，文清大哥？」

「對對對！」文清笑著，「大家都是熟人了，以前也合作過，就不必這麼客氣了！熊老闆不是都說了嗎，咱們這是合作夥伴！我這搞技術的，要是再客氣下去，可真吃不消了！」文清說完看著劉嘯，「你最近弄得可真不錯啊，我聽說Timothy都折在了海城？」

劉嘯點點頭，道：「本來他上次就應該折在封明的，要不是你們放他一馬，那傢伙也不能活躍這麼久！」

「哈哈！」文清笑說，「不過你還真是有兩下子，換了別的人，DTK那麼瘋狂的報復，早就被擊垮了。你非但沒垮，反而憑藉黑帽子大會一舉翻身，這招連我都沒有想到啊！」

「你們倆這是說什麼呢？」其他三人都被劉嘯和文清的對話給弄糊塗了，怎麼好像說的是個外國人的事啊！

「沒什麼，沒什麼！」文清擺著手，「我們技術圈裏的一個人，在海城製造了點麻煩，現在被網監給逮住了，我們倆感慨一下而已！」

「對了，文清大哥，我聽張叔說，這次的儀式，你們請了很多人過來？」劉嘯看著文清，「不知道都有些什麼人，接待工作有什麼需要我們幫忙的？」

「你們能幫忙那就最好了，我求之不得啊！」文清搖著頭苦笑，「入住封明的事，總部方面非常重視，所以這次邀請了不少企業來封明參觀考察，這些人來頭都不小，如果他們肯到封明投資，那咱們這個技術區絕度是大有前途。說句實話，我這搞技術的，還真不是搞接待的料，這幾天我著實被折騰得夠慘。」

「都有什麼人過來？」張春生拍著胸脯，「你放心，有多少人，我也給你接待了，咱老張在封明這點事還是能辦好的！」

「全球高新科技排名前五十位的，我們都發了請帖。IT領域，有作業系統的霸主微軟，他們會派中國的總裁過來，另外還有甲骨文、賽門鐵克、AC、以及搜索引擎霸主Google，他們也會派高層人物過來；生物醫藥領域，則有美國的尖端製藥、英國的TT基因研究所、德國的索納製藥；工程工業領域，有美國的文森特工業公司和愛迪工程工業公司，以及德國西門子；資料通訊領域，NOKIA、SONY這些行業巨頭也會派出代表。另外還有一些電子設備、觸控識別設備以及新科技的企業和研究機構。」文清說著，從桌子上抽出一份名單來，「你們看看，這是已經確定的名單，另外還有一部分正在確認中！」

張春生接過來一看，皺起了眉頭，「怎麼又是洋文啊！」

劉嘯說：「沒關係，一會兒我給你全部翻譯過來就行了！」

張春生把名單收好，「你就放心吧，回頭我按照這單子上的名單，給每個人都安排一位專門的接待人員！」

「那就謝謝張總了！」文清笑著，「你這可是幫了我的大忙啊！」

「聽說你們OTE的總裁這次也會過來？」劉嘯問，這才是他最關心的事情。

「本來我們總裁是說要來的，可昨天我們接到通知，總裁決定暫時不過來了，說要等我們這邊一切都弄好之後才會過來！」文清說完一拍腦袋，「光忙著伺候那些請來的客人了，我差點把正事都給忘了！」

文清起身走到床邊，從床頭櫃的抽屜裏抽出一個精致的小箱子，然後打開箱子，取出兩份厚厚的文件，「這是總部發給我的，讓我交給你們！」

「這是什麼？」熊老闆接過來，分了一份遞給張春生。

「我們OTE要在技術區蓋自己的大樓，熊老闆手上的這一份是設計圖、效果圖以及建築的各項指標和硬性要求，另外一份，是需要採購的裝修材料以及材料供應商的聯繫方式。」文清說，「你們兩位都搞過建築，所以建築方面我就不多說了，我要說的是這個裝修，每一樣都必須按照這文件上的要求採購，絕對不容許自行變更或替換！」

「沒有問題，就照你們這上面寫的辦！」熊老闆笑著，「這麼說，你們是要把建造大樓的活交給我們高新建築集團來做了？」

「除了你們，我們也沒有別的選擇了啊！」文清笑道：「我可聽說，這封明方圓一百公里內的水泥廠、鋼筋廠、採石場，甚至是花卉園藝場，都被你們兩家給收購得差不多了！」

張春生笑著，「我老張已經夠低調了，沒想到也被你們給知道了，說實話，我都要懷疑你們ＯＴＥ是不是搞情報工作的！」

「天底下哪有不透風的牆！」文清笑說。

乍聽這話，劉嘯不禁訝異地看著文清，踏雪無痕最常說的就是這句話，讓他現在對這句話十分敏感。

「看什麼呢？」文清看劉嘯神色有些奇怪，「怎麼，我臉上有字？」

「不是，不是！」劉嘯回過神來，意識到自己有些失態，道：「我只是對這大規模的收購有點驚訝而已！」

熊老闆笑著搖了搖頭，要不是不想走漏風聲，自己的收購舉動還要大一些呢，他此時慢慢翻開ＯＴＥ的那份設計文件，一打開，首先就是一份建築完成之後的效果圖，熊老闆不禁道：「好氣派的大樓啊！」

劉嘯過去一瞧，也被那大樓的效果圖給震撼了一下。整座大樓就像一個藍色的巨人，卻沒有一絲張揚威武的鋒芒氣勢，反而給人一種沉默、肅殺的味道，讓你不敢去仰視這位巨人。

「奇怪！」熊老闆是懂建築的，「這個效果圖似乎有點不對啊！」

熊老闆想了半天，恍然道：「對，果然是不對！文清，你來看，這是一張白天的效果圖，但大樓在太陽光下面沒有一絲反光，這一定是你們的設計師給忽略了，我說怎麼看起來怪怪的！呵呵！」

「不會錯！」文清瞥了一眼，「這是我們的設計師經過嚴格推算後得出的效果圖，不會錯的，我們採用的大樓外觀裝飾材料很特殊！」

「是這樣啊！」熊老闆點了點頭，繼續往後翻，後面是大樓的設計圖，整體局部的都有，熊老闆翻看了幾頁，不禁連連咂舌，「妙，妙，設計這座大樓的人，絕對是位大師級的人物，整座大樓的格局大開大合，各處風格完全不同，但組合到一起，卻絲毫不影響大樓整體的結構安全，甚至是每一個細微處的受力，最後都完全導入到了地下，實在是厲害！」

「熊老闆好眼力！」文清笑著，「這座大樓，是世界首席設計大師皮爾洛和世界最好的結構大師菲波特合力設計的！」

「難怪，難怪！」熊老闆看著文清，心裏驚訝不已，這OTE也太厲害了，皮爾洛早已封山多年，沒想到他們能讓這位大師重新出山。

那邊張春生看著清單也是一臉迷惑，「我張春生搞了半輩子建築，再高檔的樓我都弄過，可你們說的這些材料，還有這些供應商，我有很多都是頭一次聽說，這沒有問題吧？」張春生看著文清。

「不會錯，按照這個清單上的東西採購就不會錯！」文清笑著。

劉嘯對那些建築沒有什麼興趣，他想起剛才在樓下碰見的錢萬能，便問道：「對了，我剛才在樓下碰到了錢萬能，他也是你們請來的嗎？」

「咦？」文清有點驚訝，「你認識錢萬能？」

「談不上認識，前幾天他到軟盟找過我，說要代理銷售我們軟盟的產品！」劉嘯說著，問道：「這個人到底什麼來歷，我怎麼覺得他很不靠譜啊！」

「奇怪，錢萬能怎麼突然對安全產品起了興趣呢？」文清搖著頭，想不明白，「不過，這是件好事，由錢萬能去推銷你們的產品，那軟盟很快就能成為全球安全業界的NO.1。」

「不會吧？」劉嘯很詫異，但還是搖了搖頭，「我還是覺得他不太靠得住！」

「這次我們OTE請來了那麼多尖端企業，說句實話，這些企業最後肯不肯在封明落戶，很大程度上要看錢萬能這幾個人的態度！」文清很嚴肅，一點都不像在開玩笑。

劉嘯很費解，這些企業哪個不是呼風喚雨，隨便一個決定和產品都能改變世界，他們為什麼要看錢萬能這幾個人的態度呢，錢萬能不就是個國際販子嗎？

「文清啊！文清！」此時門就被人推開門，進來的正是錢萬能，這傢伙不敲門就直接進來嚷嚷。

「錢爺！」文清趕緊笑著站起來迎了過去，「您有事？」

「有事倒好了，就是沒事閒得慌，找你帶我去封明轉轉！」錢萬能扭著肥碩的屁股走了進來，看見劉嘯在屋裏，有點意外，手又習慣性地想要去撓背。

「對了，錢爺，我給你介紹一下！」文清指著眾人，「這位張總你已經認識了，這位是他的千金，張小花小姐。這位是熊老闆，海城辰瀚集團的董事長，還有這位，劉嘯，他是……」

錢萬能擺了擺手，「軟盟的劉總，我見過！」錢萬能翻了翻他的小眼珠子，看著劉嘯。

「錢先生，之前劉嘯有眼不識泰山，還請你多多海涵！」劉嘯雖然覺得錢萬能奇怪，但看文清那麼重視錢萬能，自己也就不能不重視了。

「怎麼了，這是？」文清覺得有點奇怪。

錢萬能走過去坐下，道：「別提了，我老錢跑到軟盟，想跟人家談生意，可惜啊，人家是只認資格不認人，把我給轟了出來。」錢萬能拍著大腿，「我老錢的實力和資格難道還需要證明嗎？」

「不需要，不需要！」文清給錢萬能倒了杯水，「你先消消氣！其實呢，話也不能這麼說，錢老闆你平時做的都是大買賣，審核合作夥伴的資格和實力，這是那些平常公司做生意的規矩，大家都這麼做，也不是劉嘯針對您一個人設的規矩。」文清打圓場說，「不過，話說回來，別說劉嘯他根本就不知道您，換了是我們ＯＴＥ，您這麼主動上門要求做生意，我們也肯定不和你做！」

「為什麼啊？」錢萬能很納悶。

「平時都是別人求著錢爺您，哭喊著要您跟他們做生意，大家都習慣這樣了，要是有一天您突然主動要去和他們做生意，我看能把他們嚇死，這不是您的風格啊，他們得先摸清楚眼前這個人到底是不是錢爺您，才敢答應跟你合作！」文清笑呵呵地看著錢萬能，「您說是不是啊？」

錢萬能一摸下巴，「你說的也有幾分道理！我生氣就生氣在這裏，你說我老錢自從接管了家族的生意後，還從沒主動跑上門要和別人做生意過，這頭一次上門就碰了一鼻子灰，你說氣人不氣人。」

「是該生氣！」文清說得斬釘截鐵，「不過，你怎麼突然會想起做安全產品的生意呢？這倒讓我有些納悶了！」

「我對安全產品根本就沒興趣！」錢萬能擺著手，「做這生意能賺幾個錢？」

「那你這是？」文清就有些納悶了，你沒興趣都破天荒地主動上門，要是有興趣那還得了！

錢萬能便露出尷尬的神情，扭捏了半天，才道：「我們家的情況呢，你也知道，不是我想做這個安全產品的生意，是我老婆……」

「我明白了！」文清笑著，「是錢夫人想做這生意！」

「對啊！」錢萬能一拍大腿，「我這次不是要來封明考察嗎？反正也是順路，我就想著幫老婆把這事給辦了，因此特意繞道去了一趟海城，誰知道還……」錢萬能說完，小眼又翻了一下。

「既然是夫人點了名，那我看這生意不做都不行了呢！」

「那是自然，我錢萬能這輩子，還從來沒讓自己老婆失望過，她就是想摘星星，我也給她摘回來！」

可惜他老婆此刻不在這裏，不然聽了非得感動死不可。

文清回頭對劉嘯道：「劉嘯，和錢老闆做生意，是絕對穩賺不賠的，我在這裏可以給你打包票！你把自己的產品賣到全世界，也能順便成全了錢老闆，兩全其美的事，我看就這麼定了吧！」

劉嘯還想說什麼來著，誰知文清又轉身對錢萬能道：「您剛才不是說要去封明轉轉嗎？要不這樣吧，就讓劉嘯陪你去，他是在這裏上學的，對封明相當熟悉，這次封明之行，就讓劉嘯給你做全程嚮導，也算是讓他將功補過吧！」

「這樣最好！」熊老闆先點了頭，「劉嘯，你這幾天就陪錢老闆在封明好好轉一轉。老張，你給安排個車子和司機，錢老闆的車太扎眼，開出去的話，就轉不盡興了！」

「不用安排了！」張小花此時跳了出來，笑嘻嘻地往劉嘯跟前一站，「就我吧！我給你們做司機！」

錢萬能似乎還是有些不大樂意，文清過去附耳跟他說了兩句，眾人也沒聽見說的是什麼，只見錢萬能聽完皺了皺眉，道：「好吧，那就這樣吧！」

眾人都同意的事，劉嘯再說什麼也沒意思了，只好應下了這事，帶著錢萬能就出門去了。

第三章　錢萬能

劉嘯差點昏過去，這錢萬能還真的是萬能啊，全球的高端安全產品就那麼兩三個品牌，基本上已經壟斷了全球所有的高端市場，可這錢萬能才短短幾天時間，就把除了美國以外的入場券都拿到手了，這難道不是萬能嗎？

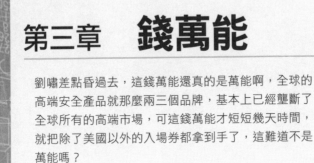

劉嘯在封明待了四年，而張小花更是生在封明、長在封明，他們倆對封明是熟得不能再熟了，出了酒店，就拉著錢萬能去逛那些很能代表封明特色的地方。

錢萬能這胖子還有個毛病，哪裡人多他就往哪裡鑽，興奮的勁頭就跟剛從監獄出來似的。三人一路逛下來，倒是讓封明的老百姓見識到了什麼是美女與野獸。張小花個子高，長得又漂亮，就是那個美女，而野獸就是由錢萬能所扮演；不過他這野獸有點特殊，不是什麼金剛大猩猩，而是一頭圓滾滾的大熊貓。

一直逛到太陽落山，兩人帶著錢萬能去吃了封明獨有的風味海鮮，才回到了酒店。

錢萬能一進酒店，就把服務員叫了過來，「趕緊給我弄杯奶茶來！」說完回頭看著劉嘯二人，「你們喝什麼，我請客！」

兩人都是笑著搖頭，「謝謝，不用了，我們不渴！」兩人都很奇怪，這錢萬能嗜好真是奇怪，對奶茶倒是情有獨鍾！

「對了，明天咱們去哪裡？」錢萬能問道。

「明天……」兩人都是睜大了眼睛，這錢萬能一上街就跟脫韁野馬似的，兩人這一天下來，已經被折騰得夠慘了，沒想到錢萬能這胖子倒是越來越來勁了。

「明天去哪兒呢？」兩人對視著，思考著封明還有什麼地方可去。

張小花想了片刻，道：「啊！我知道一個地方，老錢你去了一定喜歡！」張小花說著，還拍了拍錢萬能的肩膀，「那地方跟你還有點關係！」

「我？」錢萬能一臉不相信，「跟我能有什麼關係，我第一次來封明！」

「有！」張小花說著，突然伸手捏住了錢萬能那肥嘟嘟的臉蛋，然後把他嘴角往上一提，一臉驚訝地嘆道：「像！真像！」

「小花，不要無禮！」劉嘯被張小花的舉動給嚇了一跳，這錢萬能脾氣古怪，誰也摸不準他的脈，萬一把他給弄火了，可就沒法向文清交代了。

誰知錢萬能反而樂了，道：「你是不是覺得我像彌勒佛啊？」

張小花點頭笑著，又伸手拍了一下錢萬能那滾圓的肚皮，「笑天下可笑之事，容世上難容之事，我說老錢你是怎麼長的，簡直就和彌勒佛是一個模子刻出來的，如果彌勒佛顯靈，肯定會告你侵犯他的肖像權的。」

「還差一點，還差一點！」錢萬能反而謙虛了起來，嘿嘿笑著：「不瞞你說，我老錢信佛，尤其信彌勒佛，我老婆就是因為我長得像彌勒佛，說我有善像、福緣厚，然後才肯嫁給我。她對我哪點都不滿意，唯獨對我這肚皮和佛像滿意。」

錢萬能摸著自己的肚皮，一臉滿足得意之色。

「行，我知道了！」張小花甩了個響指，「明天我帶你去星空寺，那裏供奉的便是彌勒佛，我保證你去了肯定會大吃一驚。不過那地方有點遠，路很難走，所以你今天晚上一定要好好休息，恢復體力！」

「星空寺？」劉嘯一皺眉，「我也去過那裏，不過那裏一直沒有開發，上山的路全是人自然踩出來的，很不安全，我看還是換別的地方吧！」

「就去星空寺！」錢萬能對劉嘯的提議很不爽，「就這麼定了，明天上午你們來接我！」說完，他接過服務員遞來的奶茶，扭著大屁股上樓去了。

待錢萬能一進電梯，張小花就長出一口氣，搭在劉嘯肩膀上，得意道：「怎麼樣？有本小姐出馬，就沒有搞不定的事，文清說這傢伙難伺候，我看未必嘛，都說老虎屁股摸不得，我反倒要摸一摸。哈哈！」

劉嘯笑著搖頭，張小花天生有一種親和力，不管她做什麼，都讓人無法對她發脾氣，剛才要是換了別人去捏錢萬能，估計錢萬能早就氣爆了。

張小花拽著劉嘯往酒店大廳裏的沙發裏一坐，捶著自己的小腿，嘟囔道：「這錢胖子可真能逛，我平時逛街也沒這麼累啊！還好，明天我讓那死胖子也嘗嘗這個滋味！」

劉嘯大汗，怪不得張小花極力推薦錢萬能去星空寺，原來是故意要整錢萬能呢，劉嘯心裏暗暗告誡自己，以後千萬小心，一定要以錢萬能這件事為鑑，別稀裏糊塗死在這丫頭手裏還不知道是為什麼。

劉嘯坐到了張小花旁邊，道：「對了，我上次讓你幫我辦的事情，你辦了沒有？」

張小花抬頭看著劉嘯，困惑了半天，才恍然道：「哦，那件事啊，早都辦好了，你不提我都忘了！」

「那就好，我還怕你給忘了呢！」劉嘯說。

「怎麼會，我第二天就給你辦好了！」張小花捏著小腿，「我們家在封明還有一間老房子，一直沒人住，只有保姆在那邊給照看著，我按照你的要求，買了十二台電腦，全搬到那裏去了，網路也接通了！」張小花嘿嘿笑著，「剩下的那些錢，我給自己買了衣服和鞋子，你不會有意見吧？」

「你怎麼給放自己家裏去了？」劉嘯一急，「我不是專門叮囑你，在外面租個房子嗎？」

「放我家怕什麼？」張小花白了劉嘯一眼，「難道還怕我給你弄壞了啊！」

「不是！」劉嘯不知道該怎麼解釋，踏雪無痕說得很清楚，那些網路間諜機構神通廣大，自己去監控他們，弄不好反會被他們給監控了。雖然說劉嘯現在也只是在外圍對那些網路間諜機構進行情報的搜集和分析，暫時不會和他們有任何實質性接觸，但為了避免不必要的麻煩，劉嘯決定把這個監控系統放在遠離自己和軟盟的地方，然後設計一套自動化程序來負責監控工作，再慢慢把這套系統完善下去就可以了。

同時，劉嘯也擔心自己仍被方國坤那幫人監視著，為了徹底打消方國坤的懷疑，劉嘯就把買電腦的事秘密交給了張小花去做，千叮嚀萬囑咐，誰知道這丫頭最後還是把電腦搬進了自己家，這不是沒事找事嗎。

劉嘯狠狠地敲了張小花一個爆栗，「我讓你那麼做，肯定有我的原因，反正你給我把電腦搬出去就行，聽見沒？」

張小花瞪著劉嘯，很不滿，道：「知道了！你再兇，小心我把你電腦全給砸了！」

「好好好，不兇，我的錯行不行！」劉嘯把張小花摟在懷裏，「不過，你可千萬記得要把電腦搬出去，租個治安好一點的房子放進去就可以，平時也不用去照看。」

「那萬一斷電，或者電腦壞了怎麼辦？」張小花問道。

「我叫你買的這款電腦，不怕斷電，只要來電就會自動啟動，至於說壞，那就等它壞了再說唄，電腦也不是說壞就能壞的！」劉嘯笑著，伸手從兜裏掏出一個隨身碟，「這個你拿著，等電腦搬過去後，你把這裏面的程式安裝在電腦上。」

「這幹什麼用的？」張小花接了過去。

「裏面的程式可以讓我隨時隨地聯繫上那些電腦！」劉嘯說到這裏嘆了口氣，也不知道自己是倒了什麼楣，用台電腦也得費這麼大的周折。

「行，我知道了！」張小花也懶得問劉嘯為什麼要這麼做了，她也跟著嘆了口氣，「我真是天生的丫環命！」

「不可能！」劉嘯笑著，「天下哪有你這麼漂亮的丫環。」

「怎麼不可能！」張小花推開劉嘯站了起來，「我得給你買電腦搬電腦，又得捨命幫你伺候那個死胖子，我看我連丫環都不如，簡直就是你們家的長工了！」

「不對吧，怎麼是幫我伺候那胖子，明明是你自己主動要求的嘛！」劉嘯打趣說。

「切！」張小花嗤了口氣，「要不是文清說那胖子可以幫你把公司的產品賣到全世界，他就是玉皇大帝的二大爺，本小姐都懶得看他一眼的！」

劉嘯在感情上一直很粗線條，他以為張小花是為了湊熱鬧才跟著自己和錢萬能呢，現在聽她這麼一說，才明白這丫頭的心思，不禁心裏一熱，站起來看著張小花，「我劉嘯也不知道是哪世修來的福氣，讓你對我這麼好，我會一輩子記著的。」

「去！」張小花白了劉嘯一眼，「誰稀罕你記著啊！本小姐比較關心的是，你準備拿什麼實際的東西來報答我！」

「還要報答啊！」劉嘯苦著臉，道：「那我就養你一輩子好不好？或者像錢萬能對他老婆那樣，把你當女王供著，你要摘星星，我也給你摘回來！」

「你噁心不噁心，真肉麻！」張小花噗嗤一笑，把劉嘯遠遠推開，「害得我雞皮疙瘩都起來了！得，時間不早了，我也該回去了，明天還得陪那個錢胖子去星空寺呢！」張小花說完，就朝酒店門口走去。

「女王，請你允許我伺候你就寢吧！」劉嘯後面跟著，色迷迷地說，「也算是報答你吧！」

「好啊！」張小花笑著，「不過呢，我老爸也在家，你得問問他答應不答應！」

「呃……」劉嘯一聽就連連搖頭，「那還是算了吧，我看他能把我抓去伺候他就寢才對！實在是太危險了，我還是不去為好！」

「哈哈哈！」張小花被劉嘯的樣子給逗樂了，踢了他一腳，然後轉身往外面去了。

劉嘯一直把張小花送上車，看著她離開了，才回到自己的住處。

劉嘯現在可以睡覺了，可方國坤今天怕是要失眠了，他坐在電腦室裏琢磨著今天下頭送來的報告。

劉嘯帶著錢萬能在封明城裏逛了一天，這是怎麼回事？這兩人到底是以前就認識，還是這幾天才剛認識的呢？如果是以前就認識的話，似乎是不大可能，憑著劉嘯的身分和地位，他是不可能知道錢萬能的存在，更不可能攀上關係；但如果說他們是剛認識的話，也有些說不過去，因為錢萬能入境之後的第一件事，就是去找劉嘯，這完全不符合錢萬能的行事風格！

「砰砰！」兩聲敲門聲之後，小吳走了進來，「報告！」

「怎麼樣？」方國坤問道。

「這是劉嘯的全部資料！」小吳抱著一疊資料放在方國坤面前，「上次你要調查劉嘯兩年前的情況，我們特地重新做了調查，這是我們能弄到的全部資料了！」

「好！」方國坤接過資料，翻了起來。

「頭！」小吳吭了一聲，「我覺得這個劉嘯也沒有什麼特別之處，他當年和那些盲目崇拜駭客的網吧小駭客是一模一樣，根據我們的調查，劉嘯以前曾辦過一個駭客網站，動靜鬧得還挺大，其實卻根本沒什麼技術含量，後來他的網站讓別的駭客網站找人給駭掉了，之後他潛心學習駭客技術，多半就跟他的這個經歷有關。」

「說下去！」方國坤對劉嘯的這個經歷倒是有點興趣。

「劉嘯從學習駭客到現在，不過兩三年時間，我覺得我們高估了他的技術，那個虛擬攻擊技術很有可能不是劉嘯自己琢磨出來的！」小吳頓了頓，

「我覺得應該是踏雪無痕教他的！」

「為什麼這麼說？」方國坤覺得有些奇怪，「駭客這東西很講究天賦的！」

「我們單位的那些技術員，哪個沒有天賦？」小吳分析著說，「可我們研究了一年，也沒弄懂虛擬攻擊是怎麼回事！另外，我們還調查出一些別的事情，劉嘯畢業之後，並不是直接就到海城，他的第一份工作，是負責張氏企業決策系統的開發設計，後來這個項目卻由OTE接手了。其中的原因，是因為劉嘯給張氏設計的系統報告被張氏的競爭對手廖氏給竊走了，劉嘯也讓邪劍給羞辱了一番，如果他真的有那麼厲害，我想當初吃虧的就是廖氏了。」

方國坤嘆了口氣，「這也是我最捉摸不透的地方！不過，我們不能這麼想，而是應該反過來思考，你要知道，我們單位的後台是國家，以一個國家的力量，我們尚且有許多控制不了的人和事，比如OTE，比如錢萬能，還有踏雪無痕和DTK，但不管是OTE接手張氏的項目還是錢萬能的入境，甚至是那個踏雪無痕以及DTK成員的被捕，這些我們無法掌控的事，卻全都和劉嘯這個小人物攪在了一塊。你怎麼解釋這一點呢？」

小吳一頓，「這……」

小吳也解釋不了，要說是巧合吧，不可能所有的事都這麼巧吧；但要說不是巧合，可從劉嘯身上卻看不出一絲一毫的異常之處。

「這次封明高新技術區的儀式，安排在什麼時候？」方國坤突然問道。

「後天上午！」小吳看著方國坤，「ＯＴＥ這次請來了不少重量級人物，除了那個錢萬能之外，還有好幾個家族都派了代表來，你看我們要不要也過去一下？聽說ＯＴＥ的總裁可能會露面！」

「也好！」方國坤點點頭，「我還從來沒有見過這麼多重量級人物聚在一起，剛好去會一會他們，順便也認識一下那個ＯＴＥ的神秘總裁，他可是新冒出來的超級大咖啊！」

第二天上午，張小花和劉嘯過去接錢萬能。

「你看什麼？」張小花對劉嘯左顧右盼的樣子很不滿意。

「沒什麼！」劉嘯收回目光，「我奇怪錢萬能的那幾個保鏢跑哪去了，好像到封明之後就沒見過！」

「難不成你喜歡他的保鏢？」張小花瞪著劉嘯。

「什麼啊！」劉嘯湊到張小花跟前，「他的那些保鏢全是非洲大漢，一個頂我兩個高，上次他帶著保鏢去我公司，把整個樓裏的人都給嚇跑了！」

「不會吧！」張小花咂舌，「這老錢行事還真是奇怪，在海城那麼威風，怎麼到了封明反倒低調了！」

「算了，趕緊叫他出發吧，不然晚上趕不回來了！」劉嘯推著張小花來到了錢萬能的房門前，伸手敲了幾下。

「你好！」開門的是錢萬能的貼身管家，「錢先生正在喝茶！請進！」

兩人跟了進去，錢萬能正坐在椅子上看報紙呢，看見兩人進來，伸手指著旁邊的椅子，「來了，先坐吧！」

等兩人坐下，錢萬能吩咐那個貼身管家，「把剛才送來的那個檔案夾拿過來！」

管家到裏面書房拿了個檔案夾出來，遞到了錢萬能面前。

誰知錢萬能一擺手，指著劉嘯，道：「拿過去給他看看。」

劉嘯有點意外，「這是你的文件，我看不合適吧！」

「這就是給你看的！」錢萬能放下報紙，「你不是要那個什麼實力證明嗎？我讓人拿過來了，你看看！」

「我那時候不認識錢先生，現在認識了，我完全相信錢先生的實力，證明就不必了！」劉嘯忙道。

「還是看看吧！」錢萬能拿起自己的茶杯，「我都已經讓人拿來了！」

「你們真囉嗦！」張小花看這兩人推來推去，一伸手拿了過來，翻開檔案夾一看，「怎麼全是英文？是什麼東西啊！不對！」張小花又翻了一頁，「這張不是英文，這應該是法文吧，劉嘯？」

劉嘯瞧了一眼，「這不是法文，是西班牙文！」說完，從張小花手裏接過來一看，頓時大驚，連著又翻了幾頁，然後一臉驚訝地看著錢萬能，「不會吧，你怎麼搞到這些的，我們的產品根本就還沒有推出！」

「那又怎麼樣？反正你們的產品早晚都要推出，我先提前把這些文件和手續給你辦齊了，省得到時候麻煩！」錢萬能抿了口茶，「歐盟、日本、印度、澳洲以及南美洲大部分國家的銷售許可證我都幫你辦好了，只有美國人不痛快，不過你放心，我纏上他們幾天，他們就得把手續簽好字給我送過來！」

劉嘯差點昏過去，這錢萬能還真的是萬能啊，自己最擔心的就是銷售許可的問題，全球的高端安全產品就那麼兩三個品牌，基本上已經壟斷了全球所有的高端市場，而軟盟只是安全界的後起之秀，就算軟盟的產品性能卓越，那些高端企業所在的國家為了自身利益，也必定會給軟盟產品的推行設置障礙。可這錢萬能才短短幾天時間，就把除了美國以外的全球其他安全市場的入場券都拿到手了，這難道不是萬能嗎？

「劉嘯！」張小花在劉嘯眼前晃了晃手，「你傻了啊！這些文件是幹什麼用的？」

「這是軟體的銷售許可證！」劉嘯很激動，「有了這些東西，我就可以把軟盟的產品賣到全世界！」

「怎麼樣？劉總現在相信我老錢的實力了吧！」錢萬能笑著，露出一絲得意神色。

「老錢！」張小花起身過去拍了一下錢萬能，「你也太厲害了吧，一下子就搞到這麼多！」

「馬馬虎虎，馬馬虎虎！」錢萬能還謙虛了起來。

「沒話說，我服了！」劉嘯朝錢萬能豎起大拇指，「能夠這麼短時間內拿到這些多許可證，我想除了錢先生之外，再沒有別的人能辦到了！」

「那你看咱們合作的事……」錢萬能看著劉嘯。

「我現在就打電話給公司，叫他們取消那個原本已經計畫好的招商會！」劉嘯說著就要掏手機。

「不急，不急！」錢萬能道，「只要你答應了和我合作的事就行，具體的細節，等封明的事結束後，我派代表過去和你談！」

「行，沒有問題，那我就在海城恭候貴代表的到來！」劉嘯道。

「唉……」錢萬能站了起來，「可算是把老婆交代的事給完成了！要是把你小子拿不下，估計我回去後都進不了家門了！」

「老錢，你這麼疼老婆，她可真是幸福！」張小花誇了一句，然後狠狠剜了劉嘯一眼，「看見沒有，學著點，看人家老錢是怎麼對待自己太太的！這就叫『舉案齊眉、相敬如賓。』知道沒有？」

「知道了，女王！」劉嘯大汗，趕緊應著，心裏卻道，那老錢怕是妻管嚴吧！

不過兩人這一唱一和的，卻讓錢萬能非常受用，他平時就好為人師，立即給劉嘯上了一課，講著「男人為什麼要愛自己老婆」的道理。可這些話聽在劉嘯和張小花的耳裏，怎麼聽都覺得錢萬能是在講「男人為什麼要怕自己的老婆」！

最後還是張小花打了個岔，才止住了錢萬能的話頭，眾人這才下了樓，直奔星空寺去了。

星空寺距離封明不是很遠，三人出城後不到一個小時，就趕到星空寺所在的山下。只是到了山腳下便沒有路了，得徒步進山，完了還得爬上去，星空寺就建在一座山峰的峰頂上。

張小花從車子的後車箱裏掏出兩雙球鞋，比了一下大小，分別遞給了劉嘯和錢萬能，「試試合適不，我專門讓人給找的，穿起來不會磨腳！」

兩人穿上一試，大小正合適，劉嘯覺得奇怪，「不會吧，你怎麼會知道我們倆腳的大小？」

「本小姐的眼睛可是火眼金睛，看什麼東西都不會差！」張小花得意地說，自己也換上球鞋，然後又從後車箱拽出一個背包，塞到劉嘯懷裏，「這個你背著！」

「不會吧！」劉嘯一掂那包，「這裏面裝的是金子嗎，怎麼這麼重！」

「讓你背你就背，廢話真多，要向老錢學習，知道吧？」張小花白了劉嘯一眼，又拿出幾瓶水，放在提袋裏，然後鎖好車，領著兩人就開始進山了。

萬幸的是，這座山不是很高，從地面往上看，大概不足三五百米的垂直高度，可是因為路很難走，再加上山路曲折迂迴，三個人一時半會難以爬上去。

特別是錢胖子，才走了一半的路就受不了了，身上的汗就跟噴泉似的往外冒，腿也開始發軟了，劉嘯和張小花是連拽帶推，好不容易才把這個肉丸子滾到了峰頂。

「哎呀，我受不了了！」眼看到了星空寺的門口，那老錢再也撐不住，看見旁邊大樹下有塊平整的石頭，就過去躺了下來，然後一個翻身，一個球形的人印就印在了石頭上面。

「你們也歇會吧！」錢萬能躺在石頭上喘氣，渾身上下都濕透了。

兩人此時也堅持不住了，推錢萬能上山，比自己連爬三趟山還要累，兩人「噗通」一聲，全躺在了錢萬能旁邊的石頭上，三個人喘著氣，眼看距離星空寺也就二十米不到了！

「喂，老錢，你現在最想幹什麼？」張小花緩過勁來，推了推錢萬能。

「要是能給我一杯奶茶，還是冰的！」錢萬能哼哼著，「那該多好啊！」雖然躲在樹下，還是能感覺到熱氣逼人。

「劉嘯，把你的包拿過來！」張小花轉身捅了捅劉嘯。

劉嘯只得爬起來，過去把包包拽了過來。

「打開！」張小花都懶得起來了，「幫本小姐倒杯冰的檸檬水來！」

「冰的？」劉嘯趕緊打開背包，拿出幾條毛巾後，就發現包裏是個大的保冷箱，打開來一看，裏面全是碎冰塊，冰塊中間正冰著一杯奶茶，還有一個大桶的檸檬水。

劉嘯真是欲哭無淚啊，敢情自己是把一坨子冰塊和水桶背上山了啊！不過等冰檸檬水一下肚，劉嘯的怨言就消失得無影無蹤了，躺在石頭上翹著二郎腿，舒服得直哼哼。

錢萬能也是爽到不行，兩口奶茶下去，他就一骨碌爬了起來，道：「太爽快了，我真想跳下去再爬上來，就為再嘗一下這個滋味！這奶茶就得這麼喝！」

「得了，你還是省省吧！」張小花也爬了起來，「我們可沒有力氣再把你弄上來了！」說完，她往旁邊走了幾步，朝山下看去，「咦，下面好像有人上來了，今天竟然還有人到這裏來！」

劉嘯過去一瞥，果然有幾個人正慢慢從山路往上爬著，「你看中間那個人，似乎有點眼熟啊！」劉嘯伸手指著。

張小花凝目一看，頓時臉就拉了下來，「怎麼是他？真是冤家路窄！」

劉嘯指著的那人，正是廖正生，化成灰，張小花也認識啊。

「廖正生跑這裏來幹什麼？」劉嘯此時也看清楚了，心裏便納悶了起來，廖老王八這麼熱的天跑這幹嘛來了。

「鬼知道！」張小花氣呼呼坐回到石頭上，「聽說廖家的生意最近很差，廖成凱還惹了什麼麻煩，估計這老傢伙是來星空寺許願的，想祈求彌勒佛保佑吧！」

劉嘯沒說話，他有點猜到廖成凱惹到什麼麻煩了，這事還跟自己有關，是他告訴黃星，Timothy被廖成凱請到了封明，Timothy在海城幹下那麼大的事，警方沒理由不懷疑廖成凱，就算不在明面上找他麻煩，暗地裏也得監視起來，更不要提什麼稅務、工商之類的監管部門，估計早就三天一小查、五天一大查了，如果真是這樣，廖氏生意又怎麼會好得了。

「你們說的是什麼人啊？」錢萬能問道，他看見張小花有點不高興。

「張氏生意場上的一個冤家對頭，老是在暗地裏給張氏使陰招！最近生意不順，估計是跑來星空寺祈福的！」劉嘯說。

沒多久，就見廖正生轉過一道彎，來到了三人所在的平臺邊。

廖正生上來看見劉嘯和張小花，也是一臉的吃驚，三人坐在樹下，各自吸著冰水，只當沒看見，誰也沒搭理他。

廖正生接過身後人遞過來的毛巾，擦了把汗，稍微喘了口氣，道：「我們進去吧！」說完，一行人就進了星空寺的廟門。

「咱們也進去，看看這老傢伙到底去幹什麼！」張小花來了興趣，催著劉嘯趕緊收拾東西。劉嘯無奈，只得把東西收拾好，三人就跟在廖正生的後面進了星空寺。

星空寺其實並不大，主要是受地理環境限制，峰頂這塊平臺也就這麼大，這還是大半個都讓星空寺給占了去呢。

錢萬能還真是信佛的，進門之後，一看側面那韋陀的造型，便道：「看來這是個小廟！」

天下的寺廟都有個不成文的規矩，他們會在自己廟門進來之後的側面或者背面塑一個韋陀的造像，如果韋陀把降魔杵扛在肩上，就表示這是一座大廟，管吃管住；如果降魔杵橫放胸前，表示廟一般大，管吃不管住；降魔杵垂直落地，那就是座小廟，不接受掛單。

錢萬能給劉嘯二人解釋了一下，三人往裏看，就見一個老和尚把廖正生迎進了前面的大殿。

「我們也進去吧！」錢萬能一臉虔誠，朝大殿走了過去。

推開大殿的門，錢萬能往上一看，不禁愣住了。

劉嘯以前來過一次，寺內供奉的那座彌勒佛像他也見過，當時覺得沒什麼稀奇，和其他寺廟裏的並沒有兩樣。可現在帶著錢萬能一來，劉嘯也傻住了，雖說彌勒佛的造型都差不多，但眼前這個，確實是和錢萬能十分相似，簡直就是酷似。

「怎麼樣，老錢？」張小花拍了一下錢萬能的肩膀，「是不是一模一樣，我沒騙你吧！」

錢萬能沒理張小花，一臉激動地衝到彌勒佛像跟前，倒頭便拜，一連磕了九個響頭才停住。張小花和劉嘯過去看，只見錢萬能激動得嘴唇都在打顫，眼眶裏都湧出淚水來了。

「老錢，你怎麼了？」張小花蹲下去推了一下錢萬能，「你怎麼好像哭了？」

「我激動啊，我太激動了！」錢萬能抬頭看著那尊彌勒佛像，「我終於找到了！」

第四章　古寺來歷

錢萬能問那老和尚，「住持，我問你，你可知道這金寶寺的來歷？」

「阿彌陀佛！」老和尚吟唱一聲，道：「據寺裏的資料記載，本寺修建於明朝永樂年間，由本地一個錢姓的大家族出資，歷時六年才修建完成。」

「找到什麼了？」張小花也被搞糊塗了。

「住持，住持！」錢萬能喊道。

喊了兩聲，大殿右邊側室的門簾挑起，一個老和尚走了出來，「這位施主，佛門淨地，禁止喧嘩，還請施主多多海涵！」

「住持，我問你！」錢萬能過去一把抓住老和尚的手，「這星空寺，原本是不是叫做金寶寺？」

「咦？」老和尚一臉驚訝，「施主怎麼會知道這個名字？」

「你先告訴我，到底是不是？」錢萬能一著急，汗又淌了出來。

「不錯！本寺修建之初，確實是叫做金寶寺！」老和尚一施禮，「老衲也是最近整理寺廟典籍的時候，才知道這件事情，施主又是從何得知啊？」

「那它怎麼又改了名字呢？」錢萬能還是抓著那老和尚不放手。

「本寺的第一位住持，叫做金寶大師，寺廟也是根據他的法號起的。第二任住持法號參空，有一天，參空大師站在峰頂，看白天太陽由海面升起，傍晚落於西山，晚上滿天星斗，伸手可及，卻又抓之不到，參空大師細想一夜，覺得金寶之名難免有些銅臭之氣，便替寺廟改名星空寺！」老和尚回憶著。

「這就對了，這就對了！」錢萬能激動地連著踱了幾圈，又繼續抓著老和尚的手，「這就對了！」

饒是老和尚修身養性一輩子，也被錢萬能給搞迷糊了，「施主這是什麼意思？」

錢萬能又過去激動地看著劉嘯和張小花，「我找到了，我找到了！」

張小花一頭霧水，推了推錢萬能的肩膀，「老錢，你怎麼了，你到底找到什麼了？」

錢萬能哈哈大笑，笑畢，才問著那老和尚，「住持，我問你，你可知道這金寶寺的來歷？」

「阿彌陀佛！」老和尚吟唱一聲，道：「據寺裏的資料記載，本寺修建於明朝永樂年間，由本地一個錢姓的大家族出資，歷時六年才修建完成，建成之後，不光錢氏族人每年必到本寺祈福，周圍百姓也常到本寺進香許願，香火旺盛至極，後來錢氏族人集體遷走，本寺因為地處偏僻，這才稍稍有所冷寂了下來。」

「這錢姓族人，你可知道他們後來去了哪裡？」錢萬能問道。

老和尚搖頭，「這個就不知道了，寺裏資料並沒有記載！」

「他們出海去了！」錢萬能搓著手，笑道：「錢家所有的人，全部都出海去了！」

「噢？」老和尚一臉驚訝，「原來山裏鄉民們關於本寺的那些傳說都是真的，並不是捕風捉影，老衲曾聽一些進香的鄉民說起過此事，他們都說當年修建本寺的錢氏族人出海之後一去不回，只是有的說錢家的人是遷往南方，有的說錢家在海外尋到一方寶地，有的則說錢家的人在海上遇到了風暴，全部殞命！阿彌陀佛！」

「沒錯！這些傳說全都是真的！」錢萬能點著頭，抬頭又看著那尊彌勒佛像，一臉滄桑。

「錢先生！」劉嘯有點明白過來了，上前問道：「你不會是說，當年的那些錢氏族人，就是你的先祖吧？」

「不錯！」錢萬能嘆了口氣，「那就是我的先祖們，當年就是他們修建了這座金寶寺！唉……，幾百年了，我們錢家後人苦苦尋找，今天終於讓我給找到了這座金寶寺！」錢萬能伸手撫摸著佛腳，感慨萬千。

「施主姓錢？」老和尚更驚訝了，「是錢姓的後人？」

「沒錯！」錢萬能回身和老和尚施了一禮，「鄙人錢萬能，正是這錢姓的後人！」

「會不會弄錯啊！」張小花上前兩步，她也納了悶，這爬山還爬出先祖來了，「沒這麼巧吧！」

老和尚也道：「施主可四處走走看看，確認一下！」

其實老和尚是懷疑，既然是錢家的後人，那怎麼會不知道金寶寺地方所在呢，竟然尋了好幾百年！

「不會錯的！」錢萬能抬頭看著彌勒佛像，「當年錢家族人修建金寶寺，所塑的彌勒佛像，就是按照我先祖的模樣塑造的，我想天底下再也找不出一尊這樣的彌勒佛吧！僅看這佛像，我就能肯定，何況住持剛才也說了，星空寺原本是叫做金寶寺的，知道這一點的，除了住持，也就只有我們錢家的人了！」

「善哉！善哉！」老和尚吟唱兩句，「我佛慈悲，保佑錢家後人終於尋到了祖宗根基！」

「錢先生，這是怎麼回事？」劉嘯也有些奇怪，「雖然這裏改了名字，但尋找起來，應該不會那麼困難吧！」

「一言難盡！」錢萬能搖著頭，「剛才住持不是也說了那些傳說嗎？我們錢家當時確實是遷往了南方，偶然的機會，先祖認識了曾多次下西洋的三寶太監，並有幸得到了三寶太監的航海圖，從此，我們錢家便幹上海上販賣的生意。」

錢萬能說到這裏，嘆了口氣，「憑藉著三寶太監的航海圖，我們錢家的生意做到了南洋諸國、歐洲以及非洲，後來，我的先祖又發現了到達美洲的航線。那個時候，氣象預報十分有限，我們錢家海上起家，最後卻也差點毀在了海上。有一次，我的先祖在海外發現了一處好地方，非常適合出海以及海上貿易，於是他便領著全體族人舉家搬遷，沒想到途中遭遇大風暴，船毀人亡，出海的族人無一生還。萬幸的是，當時有位先祖尚在襁褓之中，他的母親也因為剛剛生產，身體羸弱，不能出海，被留在了家中，這才讓錢家躲過了滅門之災。只是那時距離錢家集體遷往南方已經過去了幾十年，本來就對故土有些陌生了，再經過這場大劫難，知道故土在哪裡的人已經全部都命喪海上。」

「後來……」錢萬能沉痛地說道：「後來，我們錢家在那位弱母的全力支撐下，把海上的生意維持了下去，再經過幾代人的努力，才有了海上第一商家的地位。從那時起，錢家便定下兩條規矩，第一，沒有成家並留下子嗣的族人，是不能出海的；第二，找到一個叫做金寶寺的地方，全力尋找其他的族人，金寶寺是我們唯一知道的線索了。」

「陰錯陽差啊！」錢萬能拍著佛腳，「誰能想到，這金寶寺早已改名叫做星空寺，讓我們錢家苦尋數百年，竟是一點消息都沒有。」

錢萬能回頭看著張小花二人，「我要謝謝你們，如果不是你們帶我來這裏，怕是我們錢家後人還得繼續尋找下去。」老錢竟朝張小花深深鞠了一躬。

「老錢！」張小花趕緊躲開，「你這是幹什麼，我事先也不知道這裏就是你要找的金寶寺！」

「哈哈哈！」錢萬能突然笑了起來，「我決定了，就在封明安家了，我要重修金寶寺，我要在封明市投資開工廠辦企業，我要讓我的先祖們知道，他們的後代回來了！」

「阿彌陀佛！善哉！善哉！」老和尚雙手合什，「錢家先祖一心向佛，心懷慈悲，雖遭大難，但幸得我佛護佑，留下骨血香火，後憑藉著堅強的信念和全體族人的共同努力，重新光宗耀祖，今日重新回得故土，實在是可喜可賀，願我佛護佑錢家人從此平安泰和，再無災殃！」

劉嘯和張小花也覺得錢家人的這股韌勁實在是令人欽佩，兩人一對視，便明白了彼此的心意，過去捏起幾根香點燃，對著這尊象徵錢家精神的彌勒佛拜了幾拜，將香插在了佛像前的香爐裏。

「恭喜你了，錢先生！」劉嘯過去看著錢萬能，「先祖們的遺願，終於在你手上給實現了。」

錢萬能聽完爽聲大笑，跑到大殿之外，衝著雲霄長聲狂嘯，他此時真的是心潮澎湃、激動不已。

大殿側室裏的廖正生見住持出去之後半天沒有回來，現在又聽見有人在外面狂叫，不知道是出了什麼事，於是就走了出來。只見剛才在寺外看見的那個胖子站在殿外高聲長嘯，而劉嘯、張小花還有星空寺的住持則站在那裏看著，也不阻止一下。

廖正生皺了皺眉，道：「住持大師，你看我剛才說的那事……」

「阿彌陀佛！」住持回身看著廖正生，「廖施主所說之事，老衲已經記下來了，稍後我就安排寺內的人去採購法事所需的物品，為你做這個祈願的法事！」

錢萬能此時終於將心裏的喜悅和激動都喊了出來，他回過身來，又邁進大殿，「住持，你馬上安排一下，我要邀請全世界最有名的高僧，來這裏做一個大大的佛事，一來弘揚佛法，二來告慰我錢家的列祖列宗！」

「善哉！善哉！」老和尚再次行禮，「老衲這就去安排！」

「住持！」廖正生攔住老和尚，「你剛才已經答應了幫我廖家做祈福的法事，我認為住持現在不應再分心，還是先把我們這場法事做完再做別的吧！」

錢萬能一聽，頓時不悅，冷哼一聲，斜眼瞥著廖正生，怪不得張小花討厭這個傢伙，還真是有些讓人厭惡，難道答應了你，就不能再答應別人嗎？

「廖老闆！」劉嘯此時開了口，「你既然是來星空寺做法事，你可知道，這星空寺供的這尊佛是什麼佛？」

「哼！」廖正生冷哼一聲，似乎是不屑回答劉嘯這個問題，誰都知道那是彌勒佛，明知故問。

「別的就不說了！」劉嘯看著廖正生，「就說這些年你和張氏明爭暗鬥，如果你把你暗地裏對張氏使的那些陰招在彌勒佛面前說出來，你認為他會護佑你們廖氏嗎？」

「你！」廖正生瞪著劉嘯，氣得發抖。

「如果你真的信佛，平日裏就應該積德行善、多做善事，而不是出了事之後，才想起來臨時抱佛腳！」

「善哉，善哉，這位施主言之有理！」老和尚再次雙手合什。

「別以為張氏現在得意了，你就可以來批評我！」廖正生氣得直冒火，「我告訴你，誰輸輸贏，那還不一定呢！」

「我沒有批評你的意思！以前我劉嘯只是個給人打工的，我沒有資格說什麼，現在我也算是半個商人，作為商人，我有幾句話想對你說！」劉嘯頓了一頓，「這些年你一直對張氏不滿，和張氏鬥來鬥去的，無非是因為你覺得張氏老是在模仿廖氏，還有就是你認為張春生沒文化，輸給他你很窩火！沒錯，張春生是沒有文化，但他卻不傻，他在一些事情上甚至比我們都要看得遠！他是在模仿你，你做什麼，張氏就做什麼，但那是因為你做得對，如果你換了一個錯誤的決定出來，你看張氏會不會跟隨你？我告訴你，絕對不會！」

劉嘯看著廖正生，繼續道：「大家都是商人，都是為了賺錢，張氏效法你，是因為張春生認為你有學問，又是儒商世家，他覺得跟著你幹有錢賺。再說，廖氏和張氏涉足的領域是建築業和酒店，從本質來講，這兩個行業都是不可能出現壟斷和一家獨大的局面，你打壓了張氏這麼多年，無非就是想坐封明的頭把交椅，甚至是把張氏擠死，可結果怎麼樣呢？」

劉嘯嘆了口氣，「何必呢！如果你當初能拋開成見，真心實意地領著張氏以及其他同行合夥一起幹，雖說你現在一樣還是不能壟斷這個行業，但你絕對是業內的龍頭老大，你會是個掌舵人，同行都會敬重你。」

廖正生沒說話。

倒是張小花不滿意了，「你跟他廢什麼話！」

劉嘯沒理會，他看著那尊彌勒佛像，道：「我剛才問你知不知道這裏供的是誰，你沒回答，其實我是想告訴你，在你眼裏，這裏供奉的是彌勒佛，可在別人眼裏卻不是！」劉嘯指著錢萬能，「這星空寺便是這位錢先生的先祖修建的，彌勒佛像也是根據錢先生先祖的容貌塑造，在這位錢先生的眼裏，恐怕這尊塑像更像是他的先祖，而不是彌勒佛！」

「你拜你的佛，他拜他的先祖，大家各行其事，你為什麼非要阻攔別人呢？」劉嘯問道，然後嘆了口氣，「別人只是在做自己該做的事罷了，而你卻總是以為別人是在跟你爭，是在跟你作對，你認為你做的事，別人就不能再做了，這未免也太霸道了吧！你好好想想吧，這是你的心病，只有你自己能解開，求什麼佛都不管用！」

「阿彌陀佛！善哉，善哉！」老和尚高聲吟唱，看來他是非常認同劉嘯的這個觀點。劉嘯的意思十分清楚，張春生就是個商人，他不管做什麼，前提都是為了賺錢，而不是要刻意去模仿誰，你能這麼賺錢，為什麼別人就不能呢？

廖正生聽劉嘯說完，也是怔在了那裏，他平時自視甚高，今天卻讓一個後輩訓得連句反駁的話都找不出來。

錢萬能此時卻突然回過神來了，一拍大腿，「走走走，我們快點回去，我得把這個好消息告訴我的老婆，她要是知道這個消息，肯定是高興得不得了！」

錢萬能走出兩步，又回過頭來，朝那老和尚一施禮，「我就先告辭了，佛事的事情，我會再派人過來和住持商議的！」

「阿彌陀佛！」老和尚還禮。

錢萬能拉著劉嘯和張小花，迫不及待地下了山。這下他不氣喘也不腿軟了，一路上竟把劉嘯和張小花甩在了後面，害得兩人一路狂奔，才算是勉強跟上了錢萬能的步子。

錢萬能路上說得最多的一句話就是，「錢家幾十代人沒完成的任務，今天讓我老錢給完成了！」

車子到酒店前一停穩，老錢就躥下車，蹭蹭地上了樓，速度之快，讓劉嘯咋舌不已，心想這胖子還練過輕功吧！

劉嘯幫張小花把東西都提上，也走進了酒店。一進酒店，服務員就邁步上前，「劉先生，前臺有你的留言！」

「誰留下的？」劉嘯問道。

服務員從前臺取了一張字條和名片，遞給劉嘯，「是八〇一八房的客人留下的，這是他的名片！」

「我看看！」張小花伸手抽過那張名片，然後念道：「微軟亞洲區總裁，康麥克！」

劉嘯拆開紙條，上面寫著：「希望能和劉先生談一些合作上的事情，見信後請聯繫我！聯繫方式見名片！」

「切！」張小花把名片塞給劉嘯，「還以為是哪個美女給你留言呢，原來是個老外，沒勁！」

「我記得文清說，微軟這次派的是他們中國區的總裁，怎麼成亞洲區的總裁了？」劉嘯有點納悶。

「管他來的是誰，反正都是微軟的嘛！」張小花不以為然，「走，去看看這個康麥克找你有什麼事！」

劉嘯看了一下表，現在快到吃飯的時間，他一琢磨，道：「行，我先跟他連絡一下，然後把這身衣服換了，請他吃頓晚飯！」

「我也去！」張小花道：「我也見見這個微軟亞洲區的總裁，難得有這機會！」

劉嘯無奈道：「好，那你也去換套衣服吧！我訂好位子後通知你！」

「不用訂了，我去安排吧！」張小花一擺手，「你通知他，一會兒直接到三樓的江山廳就可以了！」張小花說完，提著包上樓去了。

劉嘯掏出手機，按照名片上的電話撥了過去，「康麥克先生嗎，我是軟盟的劉嘯！」

「你好，劉先生！」康麥克倒是一口流利的中文。

「你的留言我收到了！」劉嘯頓了一頓，「我在酒店安排了晚宴，半個小時後，咱們在三樓的江山廳見，一來是稍盡地主之誼，為康先生接風，二來我也想聽一聽康先生所說的合作事情！」

「劉先生真是客氣，既然你都安排好了，那我就恭敬不如從命了！」康麥克笑說，「那咱們一會兒見！」

半個小時後，劉嘯換了一身西服，趕到三樓的江山廳。才一段時間沒來，劉嘯發現張春生又對酒店進行了整修，這些包間全部換上了新的裝潢，看起來比以前要更富麗堂皇。

劉嘯坐在沙發上等了大概不到三分鐘，康麥克就在服務員的帶領下走了進來。

劉嘯站起來伸出手，「康先生，幸會！請坐！」

「你好，劉先生！」康麥克和劉嘯握了手，坐在劉嘯旁邊的位置，「非常感謝劉先生安排的晚宴！」

「康先生不必客氣！」劉嘯笑著，「你這次來封明，是代表總部來考察的吧？」

「是！」康麥克點頭，「我們接到了封明市發來的邀請函，總部覺得封明市的投資環境和政策都還可以，就派我過來看一看！」

「今天剛到吧？怎麼會找到我呢？」劉嘯問道。

「來之前，我給你們公司打過電話，說劉先生到了封明，我今天一到封明，就在櫃臺查到了你的房間，沒想到你還是不在，呵呵！」康麥克笑說。

「我在康先生留言上看到，說是要談一些合作上的事情，不知道軟盟能在什麼方面和貴公司進行合作啊？」劉嘯問道。

「唔！」康麥克一頓，「合作的事情呢，目前只是總部方面的一個意向，這次派我來，主要是想先和劉先生的公司接觸一下，看看有沒有合作的可能！」

康麥克是出了名的精明，就算談合作，也是一副可有可無的態度，目的就是試探一下對方的態度。

「請康先生具體說一下，如果條件可以的話，什麼樣的合作都有可能！」劉嘯笑說。

「是這樣的……」康麥克正準備說時，傳來了敲門聲，打斷了他的話。門被推開，張小花走了進來，道：「你怎麼不喊我一聲，害我還以為你們還沒來呢！」說完，看著康麥克，「這位就是大名鼎鼎的康麥克先生吧，幸會，幸會！」

康麥克被張小花這舉動給弄迷糊了。

「我給你介紹一下！」劉嘯起身介紹道，「這位是張小花小姐，是本市張氏集團的掌門千金，這座酒店就是張氏的產業。張氏一直都和封明市政府保有密切的合作關係，如果貴公司想要在封明投資，有什麼解決不了的難題，都可以找張小姐的！」

「哦！」康麥克明白了過來，一臉欣喜，「張小姐，幸會！乍來貴地，還請你多多關照。」

「康先生客氣了！」張小花看著那康麥克，「微軟公司是全球最大的ＩＴ企業，是我們所有商家的典範，我聽劉嘯說康先生到了封明，就想過來認識一下，康先生不會怪我唐突吧？」

「不會，不會！」康麥克連連搖頭。

張小花掃了一圈，道：「菜我都安排好了，既然咱們人齊了，我就去叫他們上菜吧！」張小花便吩咐服務員，然後請康麥克坐到餐桌前。

三人坐定，張小花首先舉杯，道：「康先生是我們封明的貴客，今天能夠認識康先生，我非常高興，我提議，咱們先乾一杯！」

放下酒杯，張小花又道：「聽說康先生準備和軟盟搞一些合作？」

康麥克一臉詫異地看著劉嘯，心想這事怎麼張小花也知道啊。

「康先生不必覺得奇怪，是這樣的，我們軟盟科技雖說是擁有獨立經營權的企業，但我們最大的控股方，就是張氏企業了，所以張小姐不是外人，不必忌諱！」劉嘯解釋道。

「是這樣啊！」康麥克點點頭，表示明白了，然後對張小花道：「其實，我剛才正和劉先生說這件事呢。」

康麥克頓了頓道：「是這樣，我們微軟總部對軟盟科技在黑帽子大會上展示的那套軟體防火牆非常感興趣，總部認為我們雙方完全有合作的可能！」

「康先生可否說得具體一些呢？」劉嘯問道。

「你們都知道，在個人作業系統方面，我們微軟幾乎佔據了全球百分之九十八以上的市場份額。招牌大，麻煩也就多，因為幾乎所有人使用的都是微軟的作業系統，也就讓我們的作業系統成為眾多駭客的攻擊目標，他們為了各自不同的目的，不斷去尋找作業系統中的漏洞，然後進行入侵，或者製作攻擊漏洞的病毒和木馬，讓我們的用戶時刻處於危險之中，並常有損失發生。」

康麥克嘆了口氣，「這些年，我們微軟為了應付這些駭客，可謂是絞盡了腦汁，我們花在修補漏洞的精力財力，甚至遠遠超過設計一套新的作業系統。即便是如此，也是收效甚微，軟盟科技在前不久黑帽子大會上展出的那套軟體防火牆，著實讓我們眼前一亮，事後我們總部從iDeface取得了那套軟體，經過我們工程師的測試，這套防火牆對現有所有漏洞的攔截率超過百分之九十九，幾乎全部都可以攔截下來！」康麥克誇讚著劉嘯的那套策略級防火牆。

劉嘯卻笑了笑，道：「我們會繼續努力，爭取做到百分之百！」

康麥克一愣，隨即道：「完全不用，你們的產品已經很完美了！」

「那你們總部在合作方式上有什麼意向？」劉嘯問道。

「合作的細節可以再商量！」康麥克頓了一頓，「不過總部比較傾向於一種合作方式！」

「請說！」劉嘯一伸手。

「總部希望在微軟下一個版本的作業系統中，能夠附加貴公司的這套軟體，讓它作為系統的一個安全附件！」康麥克看著劉嘯，「我們會支付給貴公司銷售利潤的百分之一！」

「你的意思我明白了！」劉嘯一皺眉，「也就是說，人們看到這套軟體的時候，它是以微軟製造的面目出現的，我們軟盟等於是在給微軟做安全方面的代工，對不對？」

「劉先生要是這麼說的話，意思也沒有錯！」康麥克笑說，「現在進入了全球時代，為了提高商品的綜合實力，代工已經是非常普遍的一種合作方式，而且，我們微軟憑藉自身強大的市場佔有率，可以瞬間就把你們的產品推向全球，我們會在微軟旗下所有的作業系統中附加這套軟體，包括智慧手機作業系統，所以在利潤方面，你們絕不會少賺的，這對我們雙方來說，都是一件好事，我們這麼做，主要也是為自己數十億的客戶的資訊安全著想！」

張小花一盤算，十分高興，在桌子底下戳了戳劉嘯，道：「這個合作方案不錯啊！」

誰知劉嘯對康麥克道：「能夠靠上微軟這棵大樹，不管對誰來說，都是一件天大的好事，我們軟盟也不例外。不過，我還是得遺憾地告訴康先生，軟盟不能以這種方式和貴方合作！」

「為什麼？」康麥克感覺不可思議，「這絕對是個雙贏的合作，如果你對利潤分配有異議，我們還可以再商量！」

「這不是利潤方面的問題，是軟盟不能接受這種合作！」劉嘯舉起酒杯，「讓康先生失望了，我在這裏賠罪了！」

「劉先生不用這麼快答覆我，你可以再考慮一段時間，畢竟這是總部的意向，如果軟盟最後還是不同意這種合作方式，我們也可以再商量別的方式！」康麥克非常失望，也舉起了酒杯。

因為劉嘯拒絕了康麥克，這一頓飯吃得就有些尷尬，康麥克匆匆吃完就起身告辭了，最後還不忘再建議劉嘯好好考慮一下雙方的合作。

「你怎麼回事？」張小花等康麥克一走，就朝劉嘯嘟囔著，「我覺得能和微軟合作很不錯啊，康麥克不是說了嗎，利潤可以再商量！」

劉嘯笑著搖了搖頭，又坐到飯桌前繼續吃了起來。

「你心裏到底怎麼想的？」張小花坐到一旁，「害我一個勁地招呼那個洋鬼子，你倒好，直接就給拒絕了！」

劉嘯「呵呵」笑著，「你呀，讓錢胖子今天給你表揚了一下，你就暈了，分不清好壞，不是所有願意來和軟盟合作的，都是為軟盟好！」

「那可是微軟啊！」張小花掐著劉嘯，「人家那麼大事業，難道還會專門跑過來害你一個小小的軟盟？」

「那也未必啊！」劉嘯笑著拍開張小花的手，「你不再吃一點嗎？」

「就知道吃！」張小花剜了劉嘯一眼，氣呼呼坐回到沙發裏去了。

她確實有點生氣，她一看到康麥克的留言，就想著要怎麼幫劉嘯把康麥克招待好，然後促成軟盟和微軟的合作，沒想到劉嘯直接就給拒絕了，白白浪費自己一番感情。

「好了！別氣了！」劉嘯放下筷子，坐到張小花旁邊，「我不答應微軟的這個合作，是有原因的。」

「什麼原因？」張小花白了一眼。

「第一呢，還是因為利潤！」劉嘯笑著，「軟體的利潤其實是非常大的，一套軟體只需簡單的複製，就可以賣很多套的錢，而且，安全產品的價格又尤其高，就算我們不和微軟合作，軟盟也不會少賺的，我們何必給他們代工呢！」

「那就讓微軟再加錢嘛！」張小花道。

「加也不會加多少了！」劉嘯看著張小花，道：「我問你，如果你知道微軟的作業系統有漏洞，那你是不是就不會用微軟的系統了？」

張小花搖頭，「還是得用，似乎沒什麼選擇！」

「這就對了！」劉嘯笑著，「微軟幾乎是壟斷了個人作業系統的市場，就算他們的作業系統有漏洞，用戶也根本沒有選擇，最後還是得買他們的作業系統！單憑這一點，微軟就不會給我們加多少錢，因為有沒有我們的軟體，都不會影響到微軟產品的銷售情況，他們憑什麼分那麼多利潤給我們！」

張小花點頭，倒也確實是這樣！

「即便他們肯加錢，而且是加到令我們完全滿意的程度，我也不會和微軟合作的！」劉嘯又道。

「這又為什麼，錢都不是問題了，你怎麼還不同意！」張小花納悶。

「因為我不想軟盟被人罵啊！」劉嘯嘆了一聲，「其實微軟早就在自己的作業系統裏捆綁了防火牆，而且這幾年，微軟也開始涉足反病毒軟體領域，要不是很多國家加大了對微軟附加銷售的處罰力度，微軟大概都想把這套防毒軟體附加到自己的系統裏。他們不管做什麼，目標都是一樣的，那就是壟斷，個人作業系統是這樣，辦公軟體也是這樣！但令他們鬱悶的是，安全領域和他們以往所接觸的領域不一樣，各個安全機構都各有所長，微軟在這個行業並不佔有技術優勢！現在他們看中了軟盟，要把我們的軟體綁進他們的系統，根本就不是防駭客，他是想通過我們的技術，消滅安全領域內微軟的那些對手！」

「你不是說不能附加嗎？」張小花問道。

「防毒軟體它是不能附加，但防火牆可以，防火牆原本就是以附件形式存在於微軟的作業系統裏，他偷偷地調個包，一點問題都沒有！」劉嘯敲了一下張小花的腦袋，「你想一想，這個世界上有多少企業在賣防毒軟體，有多少人是靠這個吃飯的，一旦我們和微軟合作，那所有購買了微軟產品的人，就不需要再購買單獨的防毒產品了，這些以此為生的安全企業全都得破產關門！」

「這麼嚴重！」張小花咂舌，劉嘯想得倒挺多。

「或許還會更嚴重，說不定整個安全產業都會遭受大毀滅！」劉嘯搖頭，「那我到時候可就成了這行的叛徒和罪人了。其實微軟也很鬱悶，因為這些安全企業說穿了，大部分都是依附在微軟的作業系統下以安全去求生存，是微軟吃肉，大家喝湯，這讓微軟很惱火，因為他既吃肉，還想喝湯，一點都不想給別人留，憑什麼自己的湯讓別人喝了。可這也由不得他，世界上沒有絕對安全的作業系統，想消滅安全產業根本不現實，而且安全產業也必須由獨立的安全機構去做，如果換了微軟去做，那不成笑話嗎，一邊賣著漏洞百出的作業系統，一邊又賣著狗皮膏藥，這叫怎麼回事！」

張小花點點頭，劉嘯說得確實有道理，如果安全和不安全都是一個人賣出去的，確實是有點不倫不類，到底是安全還是不安全呢？

「第三個原因，我已經答應要把代理銷售權給老錢，總不能反悔吧！」劉嘯笑著，「好了，不說這個了，我估計微軟是不會死心的，他還會來找我們，就算不找軟盟，他們也會找別家來代替，只是他們暫時還找不到罷了，因為能在策略級防火牆上比軟盟還有技術優勢的安全企業目前還不存在！」

「真是臭美，夜郎自大！」張小花吐著舌頭，做著鄙視的表情。

「這叫自信！」劉嘯敲了張小花一個爆栗，「你不再吃一點嗎？今天爬山消耗體力太大了，我得好好補補！補完覺，明天那個儀式就要開始了，估計有不少大人物要到場，我得好好見識一番！」

「吃！」張小花站起來，「為什麼不吃，這頓可是本小姐花的錢，我得吃回本去！」

第五章　雁過留聲

小吳皺眉想了半天，道：「或許是我們看走了眼！雁留聲不是號稱無所不知嗎？那他八成就知道咱們今天要來這裏，他沒可能會現身的。再說了，就算這裏有什麼他想要的東西，他也不必自己親自出面啊！」

第二天早上，封明市的老百姓看到了自己此生見過最豪華的車隊，車隊從正生大酒店魚貫駛出，延綿好幾里，全都是高級房車。

那些自己帶了司機和車子過來的客人，就開自己的車，沒有帶車過來的，車子便由張春生提供，張春生現在儼然已是封明市第一大的商家，他輕而易舉就借來了七八十輛賓士，而且還是同一個型號的，應付這些客人是綽綽有餘了。

車隊前面領頭的就是張春生的座駕，他和熊老闆一起，領著這浩浩蕩蕩的車隊直奔今天的儀式所在地，封明市郊區靠海的一片土地，已經被正式劃定為高新技術開發區，儀式就在那裏舉行。

劉嘯站在酒店下面的大廳裏，和ＯＴＥ的那幾個工作人員一起，負責安排那些客人坐車先走，一邊清點著人數，以防有漏下的客人。

人走得差不多了，剩下的客人也都安排好了車子，就等著出發了，劉嘯再次清點了一下，只有錢萬能還沒有下來，劉嘯走到前臺，準備撥錢萬能房間的電話催一催。

剛拿起電話，就見錢萬能從電梯裏走了出來，他今天的一身打扮，把劉嘯看得都傻了眼，別人出席儀式，都是一身筆挺莊重的西裝，而錢萬能卻滿身花花綠綠的，一副上街買菜的樣子。

「劉嘯！劉嘯！」錢萬能一眼就發現了劉嘯，快走幾步過來，「你怎麼還沒走？」

劉嘯放下電話，「我得安排你們這些貴客先走啊，這不，我正要打電話給你呢！」

錢萬能左右看了看，道：「張小花呢？怎麼沒看到她呀！」

「她？」劉嘯無奈地笑著，「早就走了，坐頭一輛車走的！只要有熱鬧，她肯定是衝在第一個，估計她現在都已經在儀式現場占好位置了！」

「那咱們也走吧！」錢萬能摸著自己的肚皮，「你就坐我的車，咱們一起走！」

劉嘯看看沒有別的事，就和ＯＴＥ的人打了個招呼，然後陪著錢萬能一起走了出去。

劉嘯看著錢萬能今天的裝束，道：「你今天看起來心情很好！」

「是啊！」錢萬能道：「昨天我把找到金寶寺的事情告訴我老婆，我老婆十分高興，再加上和你們軟盟合作的事有了眉目，對夫人也算是有了交代，她在電話裏誇了我一晚上！哎呀……，我老錢這輩子聽到的誇獎，也沒昨天一晚上的多，你說我能不高興嗎？」

「你和你夫人之間如此恩愛，真是讓人羡慕啊！」劉嘯說道，其實他心裏在想，錢家當年滅頂之災後，是在一個女性的帶領下重新復興的，或許怕老婆也是錢家的傳統呢。

「這男人嘛，對自己老婆好一點，是絕對沒有壞處的！」錢萬能得意地說著，「對了，我老婆還說她要親赴金寶寺拜祭先祖！」

「什麼時候過來？」劉嘯問道，「我好安排一下！」

「那倒不必了！」錢萬能擺手，「被我按住了，她一時半會兒還來不了！」錢萬能沉眉道：「我仔細地想了想，覺得星空寺現在有些破舊，佛像也有損壞，寺裏寺外也沒有什麼大的空曠地方可以搞佛事，而且上山的路也十分難行，所以我想先把星空寺修繕一下，佛像也要重塑金身，另外，在寺外開闢一塊大的場地，再修好上山的路，等那時候，我再讓我老婆大人過來，借著做佛事，正好和那住持商量一下，把這寺名重新恢復為金寶寺！」

「那最好不過了！」劉嘯同意。

「我正想問一問你，」錢萬能回頭看著劉嘯，問道：「這封明市裏，哪一家企業的建築工程做得最好，我真希望明天就能把這寺修好，路鋪好。」

「咳！」劉嘯還以為是什麼大事呢，當下笑道：「得，咱們趕緊走吧，到了那裏，你把這件事跟張小花說一聲，就可以放心啦，她肯定給你辦好！」

「咦？」錢萬能有些奇怪，「小花有這方面的熟人？」

「什麼熟人啊，她家就是幹這個的，封明市最大的建築工程公司，就是她家開的！」劉嘯笑說，「我以為OTE肯定給你介紹過了，原來你跟著她在封明轉了兩天，還不知道她是幹什麼的呢！」

「是這樣啊！」錢萬能這下樂了，「OTE的沒說，我也沒問，得，那咱們趕緊過去吧！」

錢萬能說完，拉著劉嘯鑽進自己的車，然後跟在車隊的後面直奔儀式現場去了。

封明劃定的高新技術開發區，現在還是一個空曠的荒地，出了城，甚至連一條正式的馬路都沒有，車隊經過的地方，兩邊田地裏長滿了荒草和莊稼，大家走的是一路塵土。

雖說現在看起來是荒涼了一點，但只消過個一年半載，估計這裏能蓋起來很多高樓大廈，都市的霓虹燈也會將這裏照得五彩繽紛！

會議現場此時倒是熱鬧得很，彩球高飛，鑼鼓喧天，一塊平整的廣場上搭起了一個臺子，鋪上了紅地毯，上面寫著「封明市高新科技經濟開發區剪綵奠基儀式」，台下擺滿了座椅，是給請來的貴賓準備的。

劉嘯和錢萬能一下車，張小花就發現了，衝著他們直招手，「老錢，劉嘯，這裏！」

劉嘯一看，對錢萬能笑道：「我說得沒錯吧，你看看，只要有熱鬧，她肯定搶在第一排！」

兩人朝張小花走去，快走到張小花跟前的時候，斜地裏卻突然插出個人來，朝錢萬能伸出手，「錢萬能先生，幸會！」又對劉嘯笑道：「好久不見啊，劉嘯！」

「是你！」劉嘯頓時就有些不悅。

眼前這人正是方國坤，他今天沒穿那身奇怪的制服，所以劉嘯竟是沒有把他從人群裏認出來。

「你認識我？」錢萬能也是詫異萬分，盯著方國坤打量了半天，「我好像不認識你吧！劉嘯，這位是？」錢萬能問劉嘯。

劉嘯還沒說話，方國坤又笑道：「錢先生，我們以前雖然沒見過，但我們卻肯定不是第一次打交道了，去年，你還曾在我的眼皮子底下偷偷地販了一批貨出境！」

「哦！」錢萬能恍然大悟，道：「我知道你是誰了，方國坤方先生，對吧？」

「錢先生對我們可真是瞭若指掌啊！」方國坤笑著。

錢萬能伸出手，和方國坤緊緊一握，笑道：「過獎了，我老錢生意做得好，全是靠方先生這樣的朋友幫襯，我這次入境，一直沒來得及去拜會諸位朋友，還請多多包涵啊！」

「錢先生這次來封明，估計又有大生意要做吧？」方國坤笑道。

「哪裡有什麼大生意，就是準備在封明投資開個小廠罷了，還請方先生多多關照啊！」錢萬能笑著，「不知道方先生這次到封明，是要做什麼生意啊？」

劉嘯現在對方國坤很反感，看兩人在那裏全是滿嘴虛話地客套，就扔下他們，扭頭往張小花身邊去了。

方國坤聽錢萬能說要在封明投資建廠，有點意外，錢家的產業至今為止，全都是秘密，世界上還沒有人知道錢萬能每次販賣的那些稀奇貨物都是哪裡搞來的，這也是錢家的神奇之處。

這次錢萬能突然要在封明搞明面上的投資，不知道是因為什麼，不過方國坤還是笑道：「我哪裡有什麼生意，就是陪幾位領導過來，給他們當當顧問罷了，好多人他們都不認識，我負責給他們介紹介紹！不過錢先生能在封明投資，那自然是再好不過的事情，日後如果有什麼需要我幫忙的，還請儘管開口，我一定會盡力的！」

「一定一定！」錢萬能客氣，「改日我一定登門拜謝！」

錢萬能說完，道了個別，朝劉嘯和張小花走了過去。誰知方國坤又尾隨了過來。他走到劉嘯跟前，「劉嘯，儀式結束之後有沒有空？關於上次的事，我想跟你解釋一下！」

「不用了！」劉嘯拒絕了，「解釋就不必了，我只想請你以後不要再騷擾我就行了！」

「如果真的是有什麼誤會，還是解釋一下比較好嘛！」錢萬能笑呵呵地推了一下劉嘯。

方國坤還想再說什麼，只見他的那個跟班走了過來，附耳跟他說了幾句，他的神情就變了幾變，對劉嘯道：「我會跟你再聯繫的！」說完又看著錢萬能，「錢先生，我還有點事，就先告辭了！」扔下這句話，方國坤跟著他的跟班就匆匆離開。

錢萬能將劉嘯按在椅子上，拍了拍他的肩膀，笑道：「年輕人，說話不要那麼衝！」

「你不是我，你也不知道他做的那些事，換了是你，你肯定也會生氣的！」劉嘯道。

「我怎麼會不知道，告訴你，我跟他打交道的時間，要比你久得多了！」錢萬能笑說，「你想撇開他們，那是不可能的，倒不如像我這樣，大度一點嘛，這個世界上盯著我老錢的人多了去，要是我像你那麼生氣，那估計我早就見閻王去了！」

「你是說……」劉嘯有點吃驚，難道錢萬能也是方國坤監控的對象不成？

「那你以為他大老遠跑來封明是幹啥的？」錢萬能笑著，「難不成是專門來看你小子的？告訴你，你還遠遠不夠格呢！」

劉嘯現在倒是對錢萬能有些佩服了，這胖子怎麼什麼事都知道啊！

「沒事！把你的心且放到肚子裏吧！」錢萬能使勁抬起自己的右腿，然後放到了左腿上，算是翹起個二郎腿，道：「你不要管他們幹什麼，你只要記住一點，你是個商人，這就夠了！其實呢，這年頭能被某些人惦記著，至少也說明你有本事，有實力，你應該高興才對！」

「我明白了！」劉嘯點了點頭，「我知道該怎麼辦了！」說完，劉嘯也翹起個二郎腿，往椅子上一靠，道：「其實，我本來就是個商人嘛！」

「這就對了！」錢萬能大笑，一臉孺子可教的表情。

只有張小花一臉的納悶，「你們在說什麼呢，我怎麼聽不懂！」說完，還推了推劉嘯，「怎麼回事？」

「沒事，沒事！」劉嘯搖了搖頭，道：「對了，老錢找你還有事呢，他要重修星空寺，還要修上山的路，時間越快越好，你一會兒找張叔說一下，務必先把老錢這事辦了！」

「這沒有問題！」張小花來了興致，這是給自己送生意上門來了，她起身把劉嘯推到一邊，自己坐在兩人中間，道：「老錢，你給我詳細說說，都有什麼要求，回頭我就找人去給你聯繫施工的事，順便把手續什麼的都給你辦好！」

錢萬能一聽就樂了，趕緊把自己的想法和打算都給張小花說明了一下。

那邊方國坤跟著小吳走到了僻靜的地方，問道：「我們的人沒有看錯？」

「應該不會錯！」小吳皺著眉，「可那傢伙一眨眼就不見了，我們沒跟住！」

「奇怪！」方國坤捏著下巴，「他怎麼也跑到封明來了，難道這裏有什麼他要的東西嗎？」

小吳也是皺眉想了半天，最後道：「或許是我們看走了眼！雁留聲不是號稱無所不知嗎？那他八成知道咱們今天要來這裏，咱們可是見過他的面的，他沒可能會現身的。再說了，就算這裏有什麼他想要的東西，他也不必自己親自出面啊！」

「看來這個封明是越來越熱鬧了！」方國坤也是納悶不已，到底是什麼東西吸引著這些超級人物一個個現身封明呢，「算了，不管是不是真的雁留聲，我們都先不要管他了！」

其實方國坤是無奈，就算是真的雁留聲，自己也沒辦法控制此人的行蹤，何必徒勞呢！

「對了，頭！ＯＴＥ的總裁可能不會出席這個儀式了！」小吳頓了頓，「他臨時取消了此次行程！」

「好，我知道了！」方國坤點頭，說要來的沒來，沒說要來的倒是來了，ＯＴＥ的總裁，至今還是個謎，看來這個謎底今天是無法解開了，只有日後慢慢去解了！不過，今天還是來了幾個超級人物，自己之所以過來，就是想要他們知道，自己一直都在關注著他們，你們來做生意，我們歡迎，但要是想搞什麼貓膩，那就會有人出來收拾你們的。

市裡省裏部裏的領導也到齊了，於是就宣布儀式開始，領導們上臺剪綵，然後又把一塊事先準備好的奠基石埋在廣場旁邊，這個開發區就算是正式成立了。

領導們發表了一番熱情洋溢的講話，向在座的企業代表描述著開發區未來的美好畫卷。

講完話，儀式結束，市裡安排人手領著這些企業的代表在劃定的開發區範圍內四處參觀，實地考察著開發區的地貌人文環境，緊接著又回到市裡，參觀了封明市的教育、交通、醫療等城市公共服務的建設情況。

最後又回到了正生大酒店，市裡將在這裏舉行一個答謝會，一來是答謝這些企業代表的到場，聯絡感情；二來是詳細介紹開發區的領導組成、招商政策以及相關的法律法規。

此時正生大酒店的大廳裏，被擺上一個巨大的建築群模型，是根據未來開發區假想圖製作的，幾乎占了大廳的一半面積。

從模型上看，未來的開發區臨靠大海，山水環繞、交通四通八達，摩天大樓處處高聳。這些參觀回來的企業代表，一進酒店大廳，第一眼看到的，就是這個巨大的模型群，劉嘯乍一看，差點以為是曼哈頓的模型圖呢！

現在已經時至中午，張春生就先安排這些代表們吃飯，舉行了一個簡單的自助餐酒會，市裡的領導們穿梭其中，和那些企業代表一一攀談，他們想摸摸底，看看今天這些來的企業，到底有多少能留下來。

其實這個招商是個漫長的過程，一兩次招商會根本解決不了問題，領導們也沒抱什麼希望，主要還是聯絡感情，宣傳政策，希望這些代表把封明開發區的消息帶回去。

劉嘯和張小花陪著錢萬能躲在個角落裏吃飯，一會兒又過來幾個人，似乎也是因為沒人搭理他們，所以湊過來吃飯。

錢萬能一看，放下餐具，趕緊起來跟他們打著招呼，錢萬能一連用了四種語言和這幾個人打招呼，有說有笑，應該是和這幾個人認識。這下可把劉嘯給震傻了，看來真是人不可貌相啊，聰明能幹的人，往往外表卻給人一種愚鈍的感覺。

那幾個人和錢萬能打過招呼，就和三人坐在了一張桌子上。

「幾位富豪考察得如何了？」錢萬能笑著，「有沒有決定在這裏搞點什麼投資啊？」

幾個人都搖了搖頭，「這裏還只是剛起步而已，似乎並沒有什麼適合我們的項目，我們準備明天就走了，錢大富豪是怎麼打算的？」

錢萬能喝了口水，笑道：「我是走不了了，這裏是我錢家的祖宗根基所在，我已經決定在這裏搞個廠子了！」

幾個人聽了有點驚訝，「錢大富豪要在這裡開廠？」

「是啊，我得給自己留個固定的安身之所，不然這海上四處漂泊的，搞不好又把祖宗的根據地給丟了呢！」錢萬能說，「你們幾位日後要是想在這裏投資，那就找我老錢，那時候我就是東道主了！」

幾人笑著點頭，又和錢萬能亂七八糟地談著一些事，劉嘯只能聽懂英語，其他幾人說什麼，他就不知道了。

那幾個人吃完飯走了，錢萬能才道：「剛才那幾個，他們的生意一點都不比我錢家小，都是呼風喚雨的人物，我看方國坤這次來封明，就是衝他們來的！」

劉嘯「哦」了一聲，抬頭在人群裏找那幾個人的身影，發現已經找不到了。

「對了！小花！」錢萬能突然來了精神，「有沒有興趣開廠，我保證你絕對賺！」

「我？」張小花一驚，差點噎住，「我老爸說我只會敗家，讓我開廠，指定賠光光！」

錢萬能笑說：「那要看你這廠是做什麼了，我讓你做的東西，絕對賺，而且，我保證是別人拿著錢給你送上門來，怎麼樣，有沒有興趣啊？」

「那你先說說做什麼！」張小花道。

「我和老婆商量過了，準備在封明生產一種高新材料的添加劑！」錢萬能說，「你呢，可以開一個高新材料廠，我把添加劑賣給你，你負責生產成品就可以了。其實呢，高不高新，全看這添加劑，沒有任何技術含量，有添加劑，那就是高新材料；沒有添加劑，那就是普通的材料。」

「這能行嗎？」張小花有點懷疑！

「你放心吧！」錢萬能拍著胸脯，「你做出東西來，不要聲張，不能宣傳，我讓人上門買你的產品就是了！」

「老錢，這高新材料有什麼特別的地方嗎？」劉嘯問道。

「還是你小子精，一下就問到了重點上！」錢萬能拍了拍劉嘯的肩膀，低聲道：「OTE不是要在這裏建大樓嗎？他們大樓外部的裝修材料，肯定是從美國史道夫工業公司採購的，不信你去查一查！」

「是！沒錯！」劉嘯想起那天在文清的房裏，似乎檔案上寫的就是這個公司的名字。

「史道夫賣給OTE的外窗戶玻璃，一平米是一萬美金！」錢萬能道。

「不是吧！」劉嘯和張小花都傻了，「他們賣的玻璃是金子做的嗎？」

「呵呵，是用我的添加劑做的！這種玻璃，隔熱隔音，透光透氣，但可以防輻射，並吸收各種無線波。用這種玻璃把大樓一包，那整座大樓就是一個與世隔絕的地方，偵察衛星發現不了，雷達掃描也掃描不到，你往大樓裏放個竊聽器、監控器什麼的，外面根本接收不到，你就是想用導彈炸，把引爆器扔進大樓，就立馬失靈！」

「不會吧！」劉嘯二人咂舌不已，沒想到世上還有這麼厲害的東西，劉嘯回過神來，低聲問道：「那這不是軍事用品嗎？」

錢萬能一瞪眼，「你記住，你就是個商人，咱們造的是玻璃和塗料，賣的也是玻璃和塗料！」

劉嘯一怔，隨即明白了錢萬能的意思，他是想告訴自己，商人就做商人該做的事，你要是越線管你不該管的事，反而會給自己惹來麻煩。

錢萬能轉身又看著張小花，「你放心做就是了，就是只做ＯＴＥ這座大樓的生意，我也保你賺翻了。何況，ＯＴＥ現在就是想從史道夫那裏買這材料，怕是也不行了，我把他們的貨給斷了。這幫美國佬，我老錢不過是向他們要一張軟體銷售許可，竟然給我藏著掖著，也罷，看誰壓得過誰！」

劉嘯愕然，原來錢萬能是因為這個啊，不過細一想，又覺得不是，錢萬能之所以把這生意交給張小花去做，應該是因為張小花幫他找到了金寶寺，了結了他錢家幾十代人的心願。

張小花心裏算盤一撥，道：「好，老錢，我做！這麼好的生意，總強過讓美國佬去做吧！」

「嗨！」

張小花剛說完，她和劉嘯同時被人拍了一下後背，回頭去看，只見劉晨不知道什麼時候站在了兩人的背後。

「是你啊，你怎麼來了！」劉嘯站起來笑道。

「我怎麼就不能來！」劉晨摘下警帽，坐在了兩人旁邊，笑道：「是鄭市長請我過來的！」

劉嘯向錢萬能介紹了一下，「這位是我朋友，劉晨，現在是封明市網監大隊的隊長！」

「巾幗豪傑，幸會幸會！」錢萬能伸出手，笑道，「鄙人錢萬能，既然你和劉嘯他們是朋友，那就跟他們一樣，叫我老錢就行了！」

「幸會！」劉晨笑著和錢萬能握手，然後對著劉嘯瞪眼，「你小子也太不厚道了，回來封明好幾天了，也不聯繫我！」

劉嘯知道劉晨這是興師問罪來了，心想解釋也沒啥用，便道：「我的錯，我的錯，千萬不要生氣，我這一忙就給忘了！」

「切，要是和你生氣，那我早都被氣死了！」劉晨撇嘴笑道：「算了，不和你計較，你不找我，我來找你就是了！」

張小花對劉晨和劉嘯走得近，心裏本來就有些不爽，現在聽劉晨話說的這麼直白，就更不高興了，道：「你找他有什麼事嗎？」

「沒事就不能找嗎？」劉晨俏眼看著張小花，呵呵笑著，她知道張小花心裏在想什麼，「我聽說他的公司打贏了官司，來祝賀一下都不行？」

「有什麼好祝賀的！」劉嘯說道，「應該是我去謝謝你們才是，這次要不是你們網監出力，我們這官司肯定不會這麼快有結果，我還準備過幾天閒下來去找黃星大哥親自道謝呢！」

劉嘯這麼說，張小花也不好再說什麼，她瞪了劉嘯一眼：「你怎麼不早說這事呢！」就拉著了劉晨的手，笑道：「那我替劉嘯謝謝你了，這小子沒說，不然我肯定早就過去謝你了！」

「沒事，我們也沒幫什麼忙，不過是份內職責而已！」劉晨笑著，然後對劉嘯道：「對了，我這幾天一直想打電話問你呢，你們軟盟在黑帽子大會上展示的那套軟體防火牆，到底有沒有報紙說的那麼神奇？」

「報紙肯定是有所誇大，這世界上哪有什麼百分之百的攔截率啊！」劉嘯笑道，「不過我們那款防火牆應該比目前市面上那些產品要高出一個技術層次，回頭我們還會對那個產品繼續加強，爭取做到最大的入侵攔截率！」

「那你回去記得給我發一套過來，我很有興趣，想測試一下！」劉晨笑道。

「這沒有問題！」劉嘯笑著點頭，「記得把你的測試結果給我就行！」

劉晨點頭應著，又看著張小花，道：「我現在覺得你真是厲害，人常說，千里馬常有，而伯樂不常有，你當年是怎麼發現劉嘯這小子的！」

張小花被劉晨這一拍馬，立時就忘了剛才還在生氣的事，不過一想起當初結識劉嘯的過程，就想起了廖成凱利用攝影鏡頭監視自己的事，臉色便又陰了下去，恨恨道：「別提了，一提這事我就生氣！」

劉晨不知道是怎麼回事，還以為張小花和劉嘯當年是不打不相識呢，便笑道：「好好好，不提就不提！」

劉嘯也想起了廖成凱，便問道：「對了，那廖成凱到底是怎麼回事？邪劍還在廖氏？」

「邪劍倒還罷了，他還在廖氏上班！不過這廖成凱可就麻煩了！」劉晨往椅背上一靠，道：「我們仔細查了查，才發現這個廖成凱極度不簡單啊，你們肯定猜不到，這廖成凱，居然是個駭客高手！」

「不會吧！」劉嘯有點意外，「我見過他幾次，沒感覺到啊，再說，他自己要是高手，那還何必請邪劍、Timothy呢？」

「唉……」劉晨嘆了口氣，看著劉嘯道：「要是人人都像你那麼單純就好了！我告訴你，這叫做高智商犯罪。古往今來，有多少人就是毀在了這智商上啊！」劉晨別有意味地看著劉嘯。

劉嘯大汗，「你直接說我智商低就是了，何必繞這個圈子呢！快說，到底是怎麼回事！」

劉晨笑了笑，道：「這廖成凱從小就聰明，他考上國外的名校，完全靠得是自己的實力，大家只知道他在國外讀的是MBA，卻不知道他是雙學位，他同樣也是資訊工程學碩士，這一點，他從來都沒對人提起過。在國外求學期間，廖成凱卓越的駭客能力就引起了不少人的注意，他也結交了不少的駭客高手，Timothy就是其中之一，他畢業時，有不少國外的大型ＩＴ企業對他拋出了橄欖枝，可這傢伙選擇了回國，而且回來之後，隻字不提自己是駭客這回事，而且還把邪劍拉出來做擋箭牌！」

劉嘯皺起了眉頭，有點想不通，按說就是不願意說自己是駭客，又為什麼要隱瞞自己讀過資訊工程學的事呢。

「我們也是在Timothy事件後，才知道了這些事！」劉晨突然看著劉嘯，「根據我們的調查，上次竊取了你給張氏做的系統設計報告，還有之前竊取張氏商業機密的事，應該都是廖成凱做的，而不是邪劍！廖氏的那個全民駭客計畫，也是廖成凱主推的，我估計他也沒安什麼好心！」

劉嘯突然想起一件事，當時自己發現張小花的電腦被人監控，反入侵過去，被對方發現，而對方當時竟然主動報出名號，說自己是邪劍，恐怕那時電腦前坐著的那個人根本不是邪劍，而是廖成凱吧。

如果真是這樣，那廖成凱這個人真是太可怕了，心機也太深了。想當初，廖成凱還故意用車子去撞張小花，可謂是囂張至極，原來這一切都是偽裝的！但他如此處心積慮，到底要做什麼呢？

「他奶奶的，太可惡了！」張小花一拍桌子站了起來，「我早就知道這廖成凱不是什麼好東西！」說完，她看著劉晨，「那你們還不趕緊把他抓起來啊！」

「時候不到，再說，我們現在也沒有什麼確鑿的證據！」劉晨聳了聳肩，「不過這事你可不能說出去，否則讓他有了警覺，再想找證據就難了！」

張小花氣呼呼地坐下，「氣死我了，再讓我見到他，我肯定踢死他！」

錢萬能不知道這三人在說什麼，不過看張小花生氣，想起昨天在星空寺張小花也生氣的事，好像惹她生氣的這兩個人都姓廖，便問道：「這個廖成凱，是不是和昨天咱們見到的那個廖什麼的有關係啊？」

「昨天那個是老子，今天這個是他兒子！」張小花道。

「難怪！」錢萬能對廖正生的印象是差到了極點，道：「真是上梁不正下梁歪！」

「算了，不提這個讓人掃興的廖成凱了。」劉嘯左右看了看，「好像別人都已經去會場了，我們也過去吧！」

「不去了！」張小花還是有點生氣。

「不去就不去！」錢萬能站了起來，摸著肚皮，笑咪咪地道：「走，咱們去喝奶茶，我請客，保證你喝完就不生氣了！」

「你可真夠小氣的，還國際著名的大富豪呢，就請我們喝奶茶?!」劉嘯笑著說，推了張小花幾下，她才極不情願地站了起來。

眾人準備下樓去酒店的茶餐廳，剛出酒會的門，劉嘯的手機就響了起來，是公司打來的。

「你們先去，我接個電話！」劉嘯往旁邊人少的地方快走幾步，接起了電話。

幾人看劉嘯只說了兩句就掛了電話，臉色也變了。

「怎麼了？是不是出什麼事了？」張小花趕緊問道。

「公司出了點事，我得趕回封明去了！」劉嘯看了看時間，「現在走，還能趕上下午飛海城的飛機，我就不陪你們了。」劉嘯又看著張小花，「一會兒看到張叔和熊老闆，你跟他們說一聲！」

「什麼事這麼急啊？」張小花看劉嘯神色焦急，不禁問道。

「現在還不太清楚，只說讓我回去處理！」劉嘯拍拍張小花的肩膀，「放心，不會有什麼大事的！」他又看看老錢和劉晨，「老錢，對不住，看來是不能陪你在封明轉了，你要是有空，就到海城來找我，我肯定好好招待你！」

「正事要緊，你去吧！」錢萬能擺了擺手。

「劉晨，你也一樣啊，有空來海城玩！」劉嘯說完嘆了口氣，「那我就告辭了！」便從樓梯急急進去，奔回房間收拾東西去了。

第六章　盜版軟體

眾人點頭沉思，劉嘯的這個民族性理論，似乎更能解釋得通，再去找別的原因，也很難解釋清楚這些平時互為敵手的歐美企業，這次行動為什麼會空前地一致，甚至還和他們的天敵——賣盜版軟體的通力合作。

趕回軟盟的時候，已經快要下班了，劉嘯走進公司，公司的幾個負責人都等在了那裏，商越也回來了，站在幾人的身後沒有說話。

「劉總，你回來就好，大家都等著你拿主意呢！」業務部的負責人急忙說道。

「先不要慌，咱們去會議室，慢慢說！」劉嘯喘了口氣，朝會議室走去。

看眾人都坐定了，劉嘯便道：「先說說到底是怎麼個情況，說得具體點！」

「是這樣！」業務部負責人先開了口，「今天早上，歐美所有知名的安全機構，突然都放出一款防火牆軟體，他們打出的口號，就是『策略級安全產品』，而且都說自己的產品要比我們軟盟的好！我們一得到消息，就趕緊通知了你！」

「如果僅僅是這樣的話，那沒有什麼可擔心的！」劉嘯舒了口氣，「安全產品的品質，不是靠一兩句宣傳的口號就能讓用戶滿意的，主要還是得看技術含量，看能不能抵禦得住病毒和駭客的入侵。」

「沒有那麼簡單！」業務部的負責人拍了一下桌子，「我們隨後在網上發現有大量的國外網站開始銷售我們的安全產品，可是我們的產品根本就還沒有上市呢。這些網站全都是一些小網站，有的還是這兩天剛冒出來的，以前他們幹的都是在網上銷售盜版光碟的勾當，現在居然號稱銷售的是我們軟盟的正版產品，一套軟體，註冊費就是五十美元。」

「對！」人事部的負責人也很生氣，「我們從網上買了一套他們的軟體，還確實是一套防火牆軟體，功能什麼的也很齊全，但效果就很差了！」

「這些網站賣的產品都一樣嗎？」劉嘯問道。

「都一樣！」業務部的負責人嘆氣，「現在我們技術部的人已經在對這些軟體進行破解了，看看能不能找到點線索！」業務部負責人看著商越，「商越，你是技術總監，你說說破解的情況！」

「哦……」商越看看眾人道：「軟體被我們破解了，但從代碼裏沒有找到什麼線索！」

「如果是這樣的話……」劉嘯皺了皺眉，「看來這些人是早有預謀啊！」

「沒錯！」人事部的負責人深表贊同，「這肯定是早有預謀的，而且我敢肯定，那些安全機構和這些賣盜版的網站是勾結在一塊的，他們知道自己的產品比不過咱們，要是等咱們的產品上市，他們的那些宣傳口號就得露餡，所以故意讓人在網上假冒咱們的名義出售如此低劣的安全產品，目的就是要把咱們的品牌搞臭，這樣就算咱們的產品將來上市了，在歐美市場也是人人惟恐躲之不及了！」

眾人點頭，表示同意這個觀點。

「策略級安全產品不是一時半會就能研製出來的，黑帽子大會結束到現在，才不過幾天而已！」劉嘯頓了頓，「我看他們今天推出的根本就不是什麼策略級產品，他們是在糊弄用戶，是想堵住我們軟盟打開歐美市場的路！」

商越站了起來，一臉自責，「都怪我不好，要是我在黑帽子大會上不那麼強出風頭，恐怕他們也不會這麼對付咱們軟盟！」

「這和你有什麼關係！」劉嘯示意商越坐下，「你做得完全沒有錯，我們都是支持你的，你非但沒錯，還有功，至少你讓業內所有的人，都知道咱們軟盟的實力！」

「我……」商越似乎還想說什麼。

「好了，你坐下！」劉嘯打斷了商越的話，道：「我看這未必是一件壞事！」

「哦？」眾人看著劉嘯，不明白劉嘯的意思。

「歐美這些國家，大多都是強盜起家，以前他們在世界各處佔領殖民地，攫取他國人民的財富，現在，占殖民地是不行了，可他們掠奪他人財富的心是不會死的，所以他們便在經濟上去殖民別的國家。這是這些歐美國家的民族性。他們的企業更是深具這種特性，他們把工廠建到別的國家，把自己的產品賣給別的國家，就是要從經濟上去控制和掠奪你，他們的國家鼓勵並支持企業這麼做。但如果反過來，要是想把產品賣到他們的國家，他們則會給你設置各種各樣的限制，那是千難萬難！」劉嘯頓了頓，「從這點上看，他們這次的集體行為就不足為奇了，至少說明他們怕了我們軟盟！」

眾人點頭沉思，雖然劉嘯沒有從商業的角度去分析，但他的這個民族性理論，似乎更能解釋得通，再去找別的原因，也很難解釋清楚這些平時互為敵手的歐美企業，這次行動為什麼會空前地一致，甚至還和他們的天敵——賣盜版軟體的通力合作。

「國內的情況現在怎麼樣？」劉嘯問道。

「國內的安全機構，今天也有幾家推出了所謂的策略級安全產品，不過有之前媒體的炒作，他們還不敢說自己的產品比咱們軟盟強，只說是國內一流的安全產品！」業務部負責人說完，又嘆了口氣道，「讓劉總剛才那麼一說，我倒覺得國內的這些企業更可恨，竟然幫著外人來對付咱們！」

「算了，他們也是沒辦法，隨波逐流而已，又不是推波助瀾的元凶，我們的政府和歐美政府的政策不一樣，我們在放任那些國外企業進來的時候，對本土企業提供的保護措施卻太少了！」劉嘯嘆了口氣，道：「華維呢？他們有沒有……」

業務部負責人搖頭，「華維這次倒是沒有跟風！」

「好！就衝這一點，我劉嘯就高看華維，高看他北丐獨孤寒！」劉嘯哈哈笑了幾聲，「既然這些洋鬼子想玩，那咱們軟盟就陪他們玩一把！」

「劉總，你是不是有了什麼主意？」眾人看著劉嘯，他們心裏正犯愁呢，沒想到劉嘯竟然還笑得出來。

「主意倒是沒有，不過即便有主意，暫時也用不到，我們還得碰機會！」

眾人頓時面露失望之色，看劉嘯自信滿滿，還以為有什麼制敵良策呢，原來也就是說說而已。

劉嘯笑著環視了一下眾人，「你們不要這麼悲觀嘛！我不是說了嗎，這未必不是一件好事。那些傢伙對外宣傳的時候，是不是說他們的產品比咱們軟盟的好？」

「是啊！」業務部的負責人點頭，「是這樣說的！」剛一說完，他突然反應了過來，「劉總，你是說……」

「沒錯！」劉嘯點點頭，「你們想想看，能讓歐美所有的安全機構，都得靠著『比軟盟強』的口號才能把他們自己的產品推銷出去，這給了咱軟盟多大的面子啊！還有，歐美的盜版集團盜用咱們的版本，雖然說那個版本是假的，但這是多大的宣傳陣勢啊！我想用不了多久，所有的歐美用戶便都能記住軟盟這個名字。這些洋鬼子，自以為自己聰明，在我看來，簡直就是個大大的敗筆！」

「對對對！」眾人讓劉嘯這麼一說，都笑了起來，「這洋鬼子簡直就是在替咱們做廣告啊，而且咱們還不用花錢！」

「哪有不花錢的廣告啊！」劉嘯笑著，「該花的錢還是得花，否則咱們即便是出了名，也是個臭名聲！」

「那劉總準備怎麼做？」人事部的主管問道，「你說，我們按你說的去做就是了！」

「我正準備和大家商量呢！」劉嘯說，「首先，我覺得應該馬上在這些歐美國家建立我們的外語網站，英文、法文、德文、俄文、西班牙文，這幾個大的語系都要建立，明天就要弄好，網站不需要太麻煩，只要有一個頁面就夠了，但上面必須有這麼一句話：『策略級安全產品為軟盟首創，目前軟盟並未發表任何此類產品，網上銷售的產品均為偽造，而某些商家自稱比軟盟的產品強，更是無稽之談！』意思大致是這樣。」

「好，沒有問題！」業務部的主管點頭，「明天我一定把這事辦好！」

「架設好後，去聯繫一下幾個大的搜索引擎，哪怕多花一點錢，我們必須讓所有人在搜索『軟盟』、『策略級安全產品』這幾個關鍵字的時候，第一時間連結到我們的網站，讓大家知道真相！」劉嘯又吩咐道。

「這個就交給我去聯繫吧！」人事部主管主動請纓，「我肯定辦好！」

「那這事咱們就這麼算了？」業務部負責人很不爽，「咱們完全可以去起訴他們啊！」

「是可以起訴，但這和咱們在國內打官司不一樣，他們敢這麼做，自然是有恃無恐，最後很有可能是不了了之！最好的結果呢，也就是讓他們給咱們道個歉！」劉嘯看著眾人，問道：「道歉你們滿意嗎？」

眾人搖頭，「那肯定不滿意，這太便宜他們了！」

「我也覺得太便宜他們了，所以我暫時還不打算起訴他們，要是把他們起訴了，誰給咱們做免費宣傳啊！」

眾人大笑，「對，等他們給咱們宣傳完了，咱們再起訴他們！」

「哦，對了！」劉嘯笑著，「網站上再加一句話，『軟盟將保留起訴的權利』，加上這句，好讓這幫傢伙安心替咱們宣傳！另外，我們也不能不吭氣，我看就給他們發個律師函過去吧！」

劉嘯這話把大家都給逗樂了，「劉總，你這是料定了他們不見棺材不落淚啊！」

「他們不是不落淚，而是他們根本就沒有那麼蠢，他們既然聯合了那些盜版網站，就是要讓我們找不到勝訴的理由，現在去起訴他們，他們會馬上向法院陳述理由，說他們之所以稱自己的產品比軟盟的強，是因為他們也被那些盜版網站給騙了，他們以為那些網上銷售的東西就是咱們軟盟生產的！」

業務部負責人捏著下巴，「還真是這樣啊！咱們要是一起訴，那他們也成受害者了，看來不能起訴！」

「所以，嚇唬嚇唬他們就得了！」劉嘯說，「我們還是說一說國內市場吧，國內市場是咱們的根本，絕對不能丟，有了媒體之前的炒作，咱們要佔領國內市場，問題應該不會太大，咱們應該馬上推出那個個人系統。別人會喊口號，咱們也不能落後，這次咱們也弄一個響亮的口號。不過，有一點一定要主意，咱們只發佈中文版的產品，而且只在國內推廣，絕不能把產品推往海外！」

「這是為什麼？」眾人都納了悶，如果能往國外推，當然就推啊，讓那些老外知道知道什麼是真正的軟盟產品也好啊，可這劉嘯怎麼還要攔著啊！

「我已經把軟盟所有策略級產品的海外銷售權給了一家代理商，以後咱們只要做好國內市場就行了，海外銷售自然會有人去負責的！」劉嘯解釋道。

「這是什麼時候的事啊？」業務部的負責人問：「你去封明的時候，不是還安排我去邀請那些代理商搞招商會的嗎？」

「昨天決定下來的事，我還沒來得及通知大家！」劉嘯頓了頓，「那個招商會的事，就不用再繼續了！」

業務部負責人撓了撓頭，才剛發出去請帖，又得給人發道歉信了。不過既然劉嘯都決定了，他也不好再說什麼，只是問道：「那劉總選中的是哪一家？」

「你們也見過！」劉嘯道：「就是法院宣判那天，到咱們公司來的那個人，胖胖的，還帶了好幾個保鏢！」

「不是吧！怎麼會是他！」在座的人，除了商越，其他人全從椅子上蹦了起來。

這也太離譜了吧！眾人對那胖子的印象可謂是深刻至極啊，特別是那幾個黑人保鏢，可是把大傢伙嚇得夠嗆，怎麼看也覺得這胖子不像是個代理商，更像個黑社會老大，劉嘯怎麼會把代理權給了他呢。

「錢先生的實力和資格我都已經審查過了，由他來代理我們的產品，絕對是最合適的！」劉嘯笑了笑，「大家放心吧，以後你們就會看到好處的！」

「不是，這也太……」人事部的主管怎麼想都覺得這事有點離譜，「我覺得那胖子不可靠！」

「那我問大家一個問題，」劉嘯笑了笑，「現在我們的產品都還沒有推出，歐美的安全機構就已經開始集體封殺我們了，那將來我們真的要把產品推向國外，你們認為我們的代理商能有幾成希望拿到軟體的銷售許可？」

「這……」業務部的負責人捏著下巴，「我看很困難，這些安全機構一定會向他們的政府施加壓力的！」

「那我告訴大家一個好消息！」劉嘯笑呵呵看著眾人，「軟盟已經拿到了除美國之外其他主要軟體市場的全部銷售許可！」

「不會吧？」眾人再次從椅子上跳了起來，「劉總你不會是說笑的吧！」

「當然不會！」劉嘯示意眾人坐下，「這確實是真的，銷售許可的原件我已經看過了，是錢先生幫我們弄到的！他的生意非常大，在全球具有不小的影響力，估計美國市場的入場券，很快也能讓他拿到手！這是我把代理權給他的原因之一，能和他這樣有實力的人合作，其實是我們沾光了！」

眾人無語，看來真是人不可貌相啊，那胖子真有這麼大的能耐？

「商越！」劉嘯看著商越，「我已經把個人系統中要嵌入的策略級核心設計好了，一會兒散會之後我就交給你，你爭取在最短時間內做好嵌入工作，咱們現在可就等著你的那款個人系統上市呢！」

「沒……沒問題！」商越使勁點了點頭，「我回來後，大家就跟我說了你的思路，我已經把個人系統的介面重新做了一遍，應該兩天之內就能做好嵌入！」商越說完又咬了咬嘴唇，「不，一天就夠了！」

「不用那麼著急，我給你三天的時間去做好測試工作，但你要保證咱們的產品萬無一失！」劉嘯道，「我明天還得出一趟門，等我回來，咱們就隆重發表這款產品！」

「劉總，你這又要去哪兒？」人事部主管問道。

「你幫我訂一張明天去雷城的票！」劉嘯對人事部主管吩咐道，「這次華維沒有和那些老外攪在一起對咱們落井下石，我得去感謝人家。攘外必先安內嘛，後面咱們還得陪那些洋鬼子玩呢，可不能讓華維在背後給咱們下刀子，我去給他們送一顆定心丸。另外，我還想去雷城會一位老朋友！」

「好，我知道了！」人事部主管點頭，然後又問道：「那要不要和他們提前約一下，免得你空跑！」

「好吧！」劉嘯看了看時間，「得，時間不早了，大家就散了吧，今天回去後都好好休息，明天可就要大幹一場了！」

「劉總你也要好好休息，還得快去快回，我看這幾天不會太平，要是再出什麼事，我們還得等你回來拿主意呢！」業務部負責人有些擔心，這些老外肯定不會只有這些手段。

「反正大的原則咱們剛才已經定下來了，那些洋鬼子要是再出什麼么蛾子，你們就自己商量著去辦！」劉嘯站了起來，「好，就這樣吧，散會吧！」

眾人笑著散去，本來今天碰到這事，大家都感覺軟盟的前景一片慘澹，現在讓劉嘯這麼一說，根本就是小事一樁，不過是軟盟前進道路上的一顆小石子罷了。

商越沒走，她得拿劉嘯說的那個策略級核心。

「你到我辦公室等一會兒，我去拿！」劉嘯吩咐了商越一聲，起身去實驗室。

十分鐘後，劉嘯回到辦公室，手裏多了一個硬碟，遞給商越，「這就是個人系統中要採用的策略級核心，現在就交給你了！」

「我會儘快把這個個人系統做出來的！」商越接過去，「你放心吧！」

「不過，我可要跟你說清楚！」劉嘯給自己倒了杯水，從封明急匆匆趕回來，連口水都沒喝上，「你今天晚上可不許加班，回去好好休息！」

商越臉一紅，她原本的確是準備加班的，現在讓劉嘯這麼一說，有點不好意思了。

「我早就說過了，身體就是本錢，你們是軟盟的本錢，工作要做，但不能拿命去拼！」

商越點點頭，「我聽你的就是了！」又道：「還有一件事，公司發給了我一筆獎金！」

「哦，應該的，你在黑帽子大會上出了力，按照公司的獎勵制度，你應該要拿獎金的，怎麼了？」劉嘯問。

「太多了！」商越捏著手指，「我才剛到軟盟不久，一下子拿那麼多錢，不好！」

「有什麼不好，這是你應該拿的，公司的獎勵制度，是所有員工都點頭通過的，哪怕只進公司一天，只要對公司做出了貢獻，就應該得到獎勵。你放心拿著，不會有人說三道四的！」劉嘯笑說。

商越這下沒主意了，坐在那裏沒說話，一個勁地絞著手指頭。

「對了，剛才開會的時候你沒怎麼發表意見，你覺得今天制定的這些措施如何？」劉嘯問道。

「挺好的！」商越趕緊點頭：「不過，我有點疑問！」

「剛才看你的神色，我就知道你肯定還有話說，說吧！」劉嘯叮囑商越，「以後開會時，有什麼話就說，不要老是看別人，錯了也不打緊，開會本來就是討論嘛！」

「我覺得，咱們只做這麼一點應對措施，似乎不夠！」商越想了想，道：「這次的黑帽子大會，對我最大的感受就是，那些歐美同行們根本就看不起我們的實力，就算事實擺在他們眼前，他們也不會相信咱們的技術比他們高明！我們這次只架個網站闢謠，怕是沒什麼作用。」

「你的意思我明白！」劉嘯嘆了口氣，「其實又何止是那些同行們呢，恐怕所有歐美國家的用戶們，也不會相信我們的產品更好。我也想趕緊把我們的產品推向海外，好讓所有的人都看清楚誰的產品更好，可現在不是時候。歐美那些安全機構此時怕是早就做好了準備，只要我們的產品一過去，他們就會派出無數的喉舌來誤導用戶，就算你產品再好，他們也可以想出各種理由破壞，再加上歐美用戶對我們一貫的偏見，我們最後非但打不開歐美市場，反而會碰一鼻子灰，倒不如就不給他們挑刺的機會！」

「那我們就沒有別的什麼辦法了嗎？」商越確實是覺得有點窩火，黑帽子大會上的恥辱，她一輩子都不會忘記。

「這不是一天兩天的事，鬥氣不會有什麼好處，以前我們靠國內市場不是也活過來了嗎，現在我們要做的，就是守住根本，然後等待機會。機會不需要多，只要有一次，我劉嘯就肯定讓那些洋毛子把眼珠子都給瞪出來，我要讓他們連抵抗的機會都沒有！」劉嘯說這話的時候，斬釘截鐵！

「那要等到什麼時候呀！」商越有些喪氣，劉嘯的穩重沒有錯，可機會這東西誰能說得準，等到猴年馬月才能有機會啊！

「不會很久，機會應該很快就要來了！」劉嘯笑說。

「咦？」商越抬頭看著劉嘯，「什麼機會？」

「我給你介紹一位神人吧！」劉嘯說，「兩年前，曾有一位叫做『風神』的人活躍在國內安全界，他發表過很多別人都認為是非常荒誕的觀點，最後被眾人打擊，就從網上消失了蹤影。」

「哦？」商越顯然是沒有聽說過這個風神。

「我曾經仔細研究過風神的每一篇論文，雖說是有些荒誕，但他的一些觀點還是挺有參考價值的。其中有一個觀點，風神認為，全球的駭客圈就是一個單獨的社會系統，這個圈子也和別的圈子，比如說金融圈之類的圈子，它們在本質上是一樣的，所以都有固定規律可遵循。就像每十年左右就會發生一次經濟危機一樣，駭客圈也存在這樣的怪圈，這個間隔的時間，是三年左右。」劉嘯頓了頓，「我本來對風神這個觀點也是嗤之以鼻的，但後來我仔細回想了一下近三十年來影響全球的駭客大事件，發現竟然和風神說的一樣，每三年左右，必然會爆發一次影響全球的駭客危機。」

「你是說？」商越有點明白了。

「六年前，中美駭客大戰；三年前，無敵波病毒席捲全球；現在，又到了一個三年的輪迴了！」劉嘯嘆道。

「不會吧！」商越覺得劉嘯越說越玄，但細細一想，還真是這麼回事，只是無法解釋清楚罷了，「那你覺得會發生什麼樣的危機呢？」

劉嘯搖頭，「危機沒來臨之前，誰也無法預知，但可以肯定的是，有危機就會有機會，我們應該抓住這個機會，我可不想再去等待三年的輪迴！」

商越抓了抓鼻子，「可我們並不知道是什麼危機啊！」

「機會是留給那些有準備的人！」劉嘯非常嚴肅地看著商越，「雖說危機無法預知，但並不是說就完全沒有預知的可能了，只要我們時刻注意圈子裏的每一個動向，就有機會找出線索來。這也就是我今天給你說這些話的緣由，你現在是咱們軟盟的技術總監了，我希望你能負起這份責任來，和我一起，為了軟盟，也為了糾正某些人的偏見，咱們賭一把！」

劉嘯到雷城的時候，華維負責接待他的人早已等在機場外面，接上了劉嘯，車子直奔華維的總部而去。

雷城不比海城那麼大，但雷城的現代化程度卻遠遠高於海城，甚至在全國來說，雷城都是現代化程度最高、最時尚、最充滿活力的城市。雷城的建城歷史不過三十多年，之所以現代化程度高，是因為和這座城市同時誕生的那些企業，都是現代化的高科技企業，而華維，就是雷城最成功的一個典範！

劉嘯雖然是第一次到雷城來，但也被這座城市的時尚和美麗所吸引。封明給人的感覺是秀氣和質樸，在封明，你會非常安逸；海城則是繁華，處處充滿了浮躁和機遇；而雷城，是一種銳氣和自信，街上的人雖然也和海城一樣匆匆忙忙，但卻不盲目。

車子停在華維大樓前，劉嘯一下車，便看見景程從大樓裏走了出來，遠遠地伸出手，「你好，劉總，歡迎你來華維！」

劉嘯趕緊快走兩步，來到景程面前，「景前輩你好！」

「早上接到你們公司的電話，我還有些意外，沒想到你真來了！」景程往樓裏一指，「來，請進，劉總！」

「你還是不要叫我劉總，叫我劉嘯就行了！」劉嘯有些慚愧，「以前是我太年輕了，說話也不知道深淺，多次冒犯景前輩，還請景前輩不要和我一般見識！」

景程心裏有點納悶，不知道劉嘯今天唱的是哪齣，大老遠從海城跑到雷城，一來就是道歉，不會是要給自己下什麼迷魂藥吧，這不是這小子的風格啊。

景程只好也客氣說：「哪裡哪裡，咱們之前不過是一些口頭上的技術切磋，純屬交流，談不上什麼冒犯不冒犯的。你的觀點好，思路新，我很佩服！來，請進，到我辦公室詳談！」

進了景程的辦公室，坐下，景程的秘書就送茶進來。景程很熱情地給劉嘯倒了一杯，「來，嘗一嘗，這是雷城特產的茶葉，別的地方可買不到的！」

劉嘯根本不懂茶，不過抿了一口，覺得入口生津，齒頰留香，不禁道了一聲：「好茶！」

「覺得好喝，那回去的時候，我送你一些！」景程笑說，也給自己倒了一杯，道：「劉總這次來華維，不知道是為什麼事來的。」

「沒有別的事，我就是向景前輩道歉來了！」劉嘯放下茶杯。

景程這下可真糊塗了，笑道：「劉總，你不會是跟我開玩笑的吧？」

「沒有，我是真的向您道歉來了！」劉嘯一本正經地說著，「另外，我今天還要向你表個態，以後凡是咱們兩家同時接到的安全業務，我們軟盟都會主動放棄，絕不和華維去爭！」

景程是徹底暈了，若不是自己聽錯了，那就是劉嘯發瘋了，他趕緊站了起來，道：「劉總，你要是有事就說，不要開這種玩笑！」

「我絕不是在開玩笑！」劉嘯也站了起來，「你要是不相信，我現在就可以給你寫一份書面的保證！」

「那倒不必了！」景程擰著眉，心裏捉摸不透劉嘯的意思，道：「不過，你這是為什麼啊，說句實話，我想不明白！」

別說景程了，不管換了誰，估計都想不明白，軟盟的安全業務做得比華維早，特別是在海城，都是企業排著隊去找軟盟做生意，華維就算是不收錢，也攬不到客戶、插不進腳。雖說前段時間軟盟出了點意外，但法院一宣判，那些企業便又重新跑回軟盟那裏去了，數量比之前還多出好幾倍。擁有忠誠度如此之高的客戶群體，華維除了羨慕軟盟外，也沒有別的好招，所以劉嘯今天這話根本就是無從說起，佔據了優勢的人怎麼反倒會主動求和呢，這不合乎邏輯啊。

「這事要從哪裡說起呢……」劉嘯撓了撓頭，「咱們坐下慢慢說！」景程嘴上本來就不是劉嘯的對手，今天一來就讓劉嘯給唬住了，當下道：「好，坐下說，坐下說。」

劉嘯坐下來，嘆道：「還是那句話，我太年輕了！過去，我總是把問題想得過於簡單，總覺得華維和軟盟是競爭對手，既然大家是對手，那就是你死我活了，所以，我是處處爭強好勝，新聞發佈會，還有電信的座談會，我都讓前輩下不了臺，當時我心裏還覺得挺得意。直到昨天我才明白，是自己太淺薄太幼稚了。」

景程還是不明白，他看著劉嘯，等著劉嘯進一步的解釋。

第七章　孺子可教

千穿萬穿，唯有馬屁不穿，劉嘯這幾句話倒是說到了景程心裏，景程之前連吃劉嘯兩次虧，本來對他挺有成見，但現在看劉嘯如此誠懇，之前的一點成見便頓時冰消，甚至還覺得劉嘯這個後輩真是孺子可教，是難得的可塑之才啊。

「昨天發生的事，景前輩肯定也知道了，一些歐美知名的安全機構突然聯手起來對付我們軟盟，他們想封殺我們的新產品，更有國內一些企業是見小利忘大義，跟風附和，和那些海外企業聯起手來對付軟盟，我們軟盟可是說是腹背受敵、無從招架。」劉嘯頓了頓，看著景程，「如果華維此時也和他們一樣，那我們軟盟就算是徹底完了，華維從此也可以少一個競爭的對手，可我沒有想到的是，華維卻沒有這麼做。華維不愧是企業的領袖，在大是大非上從來都不含糊，以前我以小心之心度君子之腹，現在想起來，真是慚愧萬分，在景前輩的身上，我看到了什麼才是真正的中國駭客精神，枉我劉嘯一直自詡要弘揚中國駭客精神，卻是如此狹隘自私！」說完，劉嘯站起來，朝著景程深深一鞠躬。

「哎呀，你這是幹什麼！」景程趕緊起身把劉嘯按在了沙發裏。

其實劉嘯說的那些話，一半是他的真心話，另一半，則是因為現在大敵當前，他想爭取華維這個盟友，海外勢力可以聯手打壓本土企業，那本土企業就應該聯起手來對抗這些外來企業，就算做不成盟友，至少也不能讓華維在背後給自己搗亂，否則軟盟根本騰不出手去對付那些外來企業。再說，軟盟很快就要轉移業務方向，主推安全協調技術，在業務上不會和華維再有什麼大的衝突，所以劉嘯才會向華維拋出那句承諾。

不過，千穿萬穿，唯有馬屁不穿，劉嘯這幾句話倒是說到了景程心裏，景程之前連吃劉嘯兩次虧，本來對他挺有成見，但現在看劉嘯如此誠懇，之前的一點成見便頓時冰消，甚至還覺得劉嘯這個後輩真是孺子可教，是難得的可塑之才啊。

景程謙虛地道：「我哪有你說得那麼好啊！你也知道，我們這個安全公司是華維和賽門鐵克共同投資建立的，賽門鐵克是第一大控股方，他們在歐美那邊都對你們下手了，我們又豈能置身事外？」

「景前輩的意思是……」劉嘯一聽這話，突然覺得有些不妙，難道華維並不是不下手，只是還沒到下手的時候？

「賽門鐵克前幾天就要求我們配合他們一起行動，他們怕我不答應，還透過總部向我施壓，我沒辦法，就假裝答應了他們，但並沒有行動！」景程嘆了口氣，「食人之祿，為人辦事，我這也是身不由己啊！」

劉嘯道：「我理解前輩的苦衷，你能從中斡旋，沒有在第一時間向我們發難，我已經很感激了，至少給我們軟盟一些緩衝的時間！就算將來華維對我們軟盟發難，我也不會怨恨前輩，我知道那不是你的本意。唉……」劉嘯長長嘆息一聲，「好了，歉也道了，我就不打擾前輩了，告辭！」

景程咬牙道：「也罷，既然你今天找到了我，話也說到了這份上，我就不能袖手旁觀，你放心，只要我景程還在這個位子上，我就保證華維絕不會在背地裏向軟盟下手，更不會和那些外來企業勾結。」

「這太好了，景前輩的這份情義，劉嘯記在了心裏，日後肯定會報答的！」劉嘯一臉欣喜。

「先不要提什麼報答不報答的事！」景程一擺手，「我問你，你剛才的那承諾，算不算數？」

「當然算數！」劉嘯斬釘截鐵地說，「你放心，只要我們雙方同時接到的業務，軟盟就會退避三舍！」

「好！有你這句話，我就能讓總部全力支持我！」景程這下放心了。

其實他心裏也是搖擺不定的，景程非常清楚，軟盟才是華維在安全業務上最大的敵人，只要滅了軟盟，那華維自然就會成為國內安全界的霸主，現在這麼好的機會，景程也不願意放棄，沒對軟盟下手，只是他一時還沒拿定主意，或者是放不下架子罷了。

「讓前輩為難了！」劉嘯道：「有一句話我憋在心裏很久了，我覺得華維當時進軍安全業務，選錯了合作夥伴，我聽說賽門鐵克只是出一小部分資金，就占了百分之四十九的股份。華維不缺錢，技術也未必比賽門鐵克差，拱手就把一半的江山讓給別人，確實有點失策了，將來華維也肯定會因為這個合作夥伴處處受制。你要知道，賽門鐵克對國內的安全市場一直也是虎視眈眈的。」

「唉……」景程嘆息道，「我又何嘗不知道，可這不是我能決定的！」

「急功近利！」劉嘯看著景程，「華維這是急功近利，以為靠著賽門鐵克的牌子就能很快拿下國內的市場，殊不知是犯了一個大錯誤。遠的不說，就說之前國內那幾個很不錯的安全品牌，為什麼最後都銷聲匿跡了？因為他們和華維一樣，選擇了和國外的品牌合作，想依靠境外這些品牌的號召力，迅速打開國內市場，他們眼睛裏只盯著錢，就想著要快速地撈一把，最後呢，錢沒撈到，反倒是幫那些境外品牌免費做了一番宣傳，自己也被那些境外企業給吞併了，教訓不能不說是慘重啊！」

劉嘯說到這裏，語重心長地道：「我不想華維也走上這條老路，你是華維的安全業務總監，賽門鐵克到底能為華維提供多少實質性的技術核心，你心裏最清楚，可外人不知道，他們會說華維使用的全是賽門鐵克的技術，華維的安全市場一天天擴大，賽門鐵克的影響就會跟著擴大，你們這是在幫別人打天下。別看他們現在對你們百依百順，可一旦華維形成了氣候，他們就會利用手裏的股份處處遏制你們的發展，然後去培養他們自己的勢力！」

「多謝你的提醒，我們會注意的！」景程看著劉嘯，笑著問道：「如果換了是你，你準備怎麼做？」

「必須握有大量具有自我知識產權的核心技術，全力宣傳自己的品牌，淡化對方的影響，另一方面，增大投資，逐步壓縮對方的股份。」劉嘯笑了笑，「其實這些也起不到什麼作用，前車可鑒，國內的安全市場目前並不成熟，急功近利，只會適得其反，誰撲騰得最快，誰就最先被淹死。如果真的想做好這個市場，就必須有長遠的打算，從開發和培養市場入手，三年不行，那就五年，再不行，就十年。這個市場到最後比的就是耐心，能夠留下來的才是市場的霸主。」

「聽君一席話，勝讀十年書，景程今天受教了！」景程這話說得一點都不違心，劉嘯說得確實是實事求是，也難怪軟盟這些年能夠屹立在國內安全界老大的地位上不倒，在這點上，確實值得華維去借鑒。

「景前輩說笑了，我這不過是最近一段時間的一些感觸罷了！」劉嘯笑著搖頭，然後道：「打擾你這麼久，真是不好意思，我就先告辭了！」

「不急，不急！」景程攔著，「既然來了，就在雷城多住上幾天嘛。今天和你這番暢談，讓我重新認識了你啊，回頭我就把你今天這些話全部轉達給總部，我想總部一定喜歡你說的這些話！如果有機會，我想給你引見一下我們的總裁，其實他也是非常有抱負的一個人，否則我也不會到華維來任職，希望大家到時候能再細細地詳談一番。」

「哦？」劉嘯有點意外，隨即喜道：「那是再好不過了！」

劉嘯能不意外嗎，他最後說這番話，其實是擔心之前的那個承諾並不能完全打動華維，所以就給景程使了一個離間計，想挑起他們和賽門鐵克之間的矛盾，雖然那些話是說得沒錯，但劉嘯明顯是添加了一些誇張的成分在裏面。誰知道竟然還收到了意外的效果，劉嘯簡直就是喜出望外，能見華維的總裁是最好不過了，到時候自己再把他忽悠暈了，那軟盟的後院就保證不會起火，自己就可以放心大膽地去收拾那些洋鬼子了。

「事不宜遲，我這就去總部一趟！」景程也不願耽擱，對劉嘯道：「這樣吧，我先讓人給你安排住的地方，一旦和總裁聯繫好，我就通知你！」

「不忙不忙！」劉嘯擺手，「我在雷城還有個朋友，我現在得去見見他！」

「那好，劉總要會朋友，那就先去忙！」景程笑著，「聯繫好之後，我就通知你！」

「讓你費心了，那我就告辭了！」劉嘯打過招呼，就出了景程辦公室的門。

景程一直把劉嘯送出了華維的大門，看著劉嘯搭車離去，這才忍不住說道：「奇才啊奇才，要是換了以前的自己，倒真想和這小子一起去大幹一場啊！」一臉的相見恨晚。

不過他可能永遠都不會想到，劉嘯此時正在車子裏暗爽呢，他沒想到景程竟然那麼好忽悠，隨便幾句話就被弄暈了。

計程車的司機也被這位客人給弄傻了，「你到底去哪啊！」

「哦！」劉嘯這才從興奮裏平復過來，道：「去玫瑰大廈！」

劉嘯所說的那位熟人，就是燕子李三李易成了，他的易成軟體公司就在這玫瑰大廈裏。

劉嘯這次來，想和李易成商量一下合作的事，李易成目前的處境也很是不妙。如果說軟盟是面對全球安全商的封殺，那李易成則是被全國的防毒軟體商圍追堵截，大家可以說是難兄難弟了。

劉嘯進了玫瑰大廈，找到了易成軟體公司，推門進去，發現這間辦公室並不大，擺滿了辦公桌，大概擠了五六十個人。

「請問你找誰？」

「我找你們的李總！」劉嘯說著掏出自己的名片，「這是我的名片！」

「好，請你跟我過來！」接待員看了一眼，準備帶劉嘯去見李易成。

誰知接待員還沒邁開步子，劉嘯就聽見有人在喊自己的名字，順著聲音的方向看去，就見李易成正在朝自己招手，「劉嘯，你怎麼來了！」說著，就朝這邊走了過來。

「李大哥，你好，好久不見！」劉嘯也朝李易成走去。

李易成和劉嘯緊緊握了手，「可想死我了，你怎麼來也不打個招呼，我好去接你啊！」

「又不是外人，那麼客氣幹什麼！」劉嘯環視了一下李易成的公司，道：「怎麼樣？最近生意好不好？」

「一言難盡！」李易成嘆了口氣，隨後笑道：「你看我這裏地方小，也沒個坐的地方，走，咱們到會議室慢慢說。」

「好！」劉嘯跟在李易成的後面，進了旁邊的一個小會議室。

「你小子行啊，報紙還有網上的新聞我都看了，軟盟可以說是在黑帽子大會上一戰成名啊，還給咱中國安全界的人長了臉！」李易成笑呵呵地說，「當初在海城看見你的時候，我就知道你小子肯定行，將來能幹出一番大事業來！」

「哎，這可不是什麼好事，樹大招風，到目前為止，軟盟非但沒撈到一點好處，還惹來了不少麻煩呢！」劉嘯笑著擺手，「就在昨天，歐美那些安全機構聯合起來對軟盟下黑手！」

「這個我也聽說了！」李易成皺眉道，「怎麼樣，你想出什麼辦法沒，可不能任由他們這樣搞啊！」

「沒事！」劉嘯笑說，「諒他幾條洋泥鰍，也翻不出什麼大浪啊！」

「我告訴你，你一定要重視這件事，不能讓他們就這樣肆意糟蹋軟盟的名聲，你是不知道這輿論的厲害，可我就吃虧在這方面了！」李易成說著，長長嘆息。

「是不是軟體賣得不順利啊？」劉嘯問。

「你不是外人，我也就沒什麼好遮掩的！」李易成看著劉嘯，「怎麼說呢，沒拿到銷售許可之前，我這裏是勉強維持，可拿到銷售許可之後，我這日子還不如之前呢。」

「不會吧？」劉嘯大驚，就算有幾個防毒軟體圍堵，也不應該差到這地步吧，「怎麼回事，你說說！」

「拿到銷售許可，我就得把產品賣出去吧！」李易成看著劉嘯，「先前，那幾個防毒軟體商的軟體都賣一百多一套，我們的產品沒有什麼知名度，我就想便宜點，賣五十吧，可是沒想到我們的廣告剛打出去，他們也集體降價，和我們的產品同樣價格。換了是你，一個是你熟悉的，一個是你沒見過的，都是一樣的價格，你選擇哪個？」

「這招確實有點狠！」劉嘯點頭，事關安全防護，沒人會冒險的，當然都會選擇有知名度的品牌。

「要是他們僅僅是這樣也就罷了！」李易成嘆氣，接著道：「不管我們的廣告登在哪裡，他們馬上就把自己的廣告也登在我們旁邊，壓得我們的廣告效果是一點都出不來。他們還雇了大量的槍手，在網上鋪天蓋地地說我們的產品爛，說他們的產品好，用戶又沒使用過，被他們這麼一頓危言聳聽，根本就不敢買我們的產品。他們還集體要脅那些軟體代理商，不讓代理商銷售我們的產品，所有的軟體實體銷售店面，我們的產品根本鋪不進貨，現在只能靠網上銷售，就這樣，他們還是要搗亂，不是派槍手過來造謠生事，就是不時對我們的網站進行攻擊！」

「靠！」劉嘯大怒，這些傢伙比那些洋泥鰍還要壞。

「拿到銷售許可後，我們就把錢全部拿去做了廣告，為此還借了不少，現在可好，錢全打了水漂，每個月的軟體銷售才幾千塊錢，根本撐不起公司的運作，要是再沒有好轉的話，我也只好關門破產了！」李易成恨恨地捶了一下桌子。

「沒事，沒事！」劉嘯過去拍了拍李易成的肩，「我這次來，就是給你做推銷員來了，我一定把你這產品銷出去。」

李易成瞪著劉嘯，「你好好的軟盟掌門不做，跑來給我做推銷員，你別跟開玩笑了好不好！」

「我不是跟你開玩笑，我是說真的！」劉嘯一臉正經。

「你真不在軟盟做了？」李易成問道。

劉嘯大汗，這李易成心眼還真是實在，自己說做推銷員，他還真信了，

「軟盟要做，你這邊的產品我也幫你推銷。」

「那你有什麼辦法，快給我說說！」李易成一把抓住劉嘯的手，「只要你能把我們的產品賣出去，就是幫了我一個天大的忙，也是救了我公司上下幾十口人的命！你不知道，這些人都是我一手帶出來的，個個都是高手，不管到哪兒，肯定都比這裏要好，可他們為了我，死活也不肯走，說句實話，要不是有這些人支撐著，我自己肯定是堅持不到今天的。」

「李大哥，你先不要激動！」劉嘯按住了李易成，道：「是這樣，我們軟盟一直想要推出一套個人反入侵反間諜的系統，這件事可能衛剛大哥應該和你提起過！」

李易成點了點頭。

「我當時就想要和你合作，但之前軟盟也出了一些麻煩事，所以這個系統遲遲沒能推出，不過現在好了，我們過幾天就要推出這套系統。」劉嘯笑說，「雖說目前這套系統的定位是反入侵反間諜，但這只是暫時的，我們將來是要把這套系統打造為一個世界頂級的個人安全平臺。」

「安全平臺？」李易成有些納悶。

「是個人安全平臺！」劉嘯笑著，「世界上現有的幾套安全平臺，都是大的安全機構為企業設計的，個人用戶根本無法體驗，所以我想打造一套供個人用戶使用的安全平臺，這套平臺可以為個人用戶提供全方面的安全服務，比如反間諜、反入侵、反病毒、軟體漏洞檢測、系統安全設置、資料備份與恢復、即時的安全救助，等等。」

「那你的意思是？」李易成不大明白劉嘯的意思。

「既然要做安全平臺，那麼反病毒就必不可少了，可我們軟盟之前沒有涉足過這個領域，現在重新構建一套反病毒系統也來不及了。雖然我們暫時和衛剛大哥簽定了一個短期的合作協議，但這也不是長久之計，我們更希望能和具有前瞻思維的反病毒系統合作。」劉嘯看著李易成。

「你是要和我們合作？」

「沒錯！李大哥的主動防禦的反病毒理念比較先進，而且技術核心也基本成熟了，再加上你們有自己的病毒監控網路，我覺得我們的合作是最理想的！」劉嘯道。

「那你想怎麼合作？」李易成問。

其實他來之前，原本是打算要把易成軟體收購過來，這樣會更有利於將來計畫的執行，只是看到李易成後，便又張不開嘴了。

「前段時間國內媒體瘋狂熱炒我們軟盟，我們是想利用這個熱度，推出這套個人系統，到時候再炒作一下，加上這套系統又是免費的，一定可以很快佔領個人用戶市場，我們準備在這套系統裏添加一個下載你們產品的連結。」

「這個辦法好！」李易成點頭道，「你們這套個人系統肯定會火，很多人都在等著去體驗呢，只要你們在這套產品裏稍稍推廣一下我們的產品，那我們的宣傳問題就徹底解決了。」

劉嘯繼續說道：「我想讓你們製作一款軟盟版的防毒軟體，其實就是給你們的產品加個外包裝而已，到時候只要是下載並安裝了我們的這套系統，就能通過系統裏的連結去下載一款你們的產品，而且可以免費試用一年。」

「我們的也免費？」李易成瞪大了眼睛，連連搖頭，「那不行，你們軟盟能支撐住，可我們支撐不住，別說是一年，就是一個星期，那我們也得倒閉了！」

「呵呵，你讓我說完嘛！」劉嘯笑說，「我這麼做，是有考慮的，你想想看，用戶只要下載了我們的產品，就可以再額外得到一套你們的產品，這樣的話，反入侵反病毒就都齊了，對一個普通的用戶來說，最基本的安全需求可以說是全部滿足了，便無需再購買別的安全產品了，這就極大壓縮了其他安全軟體商的生存空間。你不是說他們降價跟你競爭嗎？現在我們全部免費，我就不信他們也敢免費！」

李易成沒說話，如果他手裏有錢的話，他也會這麼跟那些傢伙拼的，但問題是，自己公司的賬上不但一分錢都沒有，還欠了一大筆賬呢。

劉嘯知道李易成在想什麼，道：「你放心，在這一年裏，你們公司所有的開支，包括員工工資、行政開銷、研究費用、設備添置，全部都由我們軟盟墊付，等以後軟體銷售有了收入，你們再還給軟盟就是了。」

李易成還是沒有說話，在那裏琢磨著。

劉嘯等了半天，沒等到李易成的答覆，便有些急了，道：「你還考慮什麼啊，你是不是怕到時候沒錢還給軟盟，還是你根本就不相信我們軟盟能夠把這個個人安全平臺做大？」

「不！」李易成笑著，「我只是想，這事有點重大，我要仔細想一想，我得為公司的這些人負責啊！」

「李大哥，這我就不得不說你兩句了！」劉嘯看著李易成：「在技術方面，你絕對是國內反病毒界當之無愧的大哥大，這點毋庸置疑；做人方面，你為人厚道誠懇，這麼多人圍著你不肯走，就是證明；但在做事方面，你太失敗了，你優柔寡斷、前怕狼後怕虎、你捨不得下籌碼，生怕都賠光了，可到頭來怎麼樣，你還不是被那些軟體商逼得無路可走，本錢一分都沒剩下，可你那先進的反病毒技術還捏死在手裏呢！」

「這……」李易成想反駁幾句，這不是自己不努力，是那些人無所不用其極。

劉嘯一看，一拍桌子站起來，「算了，我也不為難你了，今天就當我沒來過，我走了！」劉嘯說完，踢開椅子就準備走人。

「站住！」李易成也拍著桌子站了起來，道：「你說得對，反正我李易成什麼都沒有了，已經壞到了極點，再壞也壞不到哪裡去了，我豁出去了，我跟你幹！他媽的，我不為別的，我就想讓那些整天逼我的人也難受難受，我看他們要怎麼辦！你說吧，還需要我們做什麼！」

劉嘯大喜，打開手提包，從裏面掏出一份文件，「該做什麼都寫在上面了，我給你一個星期的時間，你先把你們的產品再做一次優化，必須做到毫無差錯，然後我給你一個月的時間，你著手組建這個病毒即時救助和病毒百科的模組，以後我們安全平臺中凡是和病毒相關的部分，就由你的公司來負責，我一會兒就讓軟盟先把第一期的資金給你匯過來！」

李易成接過來大概翻了一下，道：「沒問題，我保證按照你這上面的要求去做！只是我有點不明白，軟盟的錢也不是天上掉下來的，你下這麼大的本錢，難道就是為了這個免費的安全平臺嗎？」

「當然不是！」劉嘯笑道，「我是軟盟的負責人，也得為軟盟的業績負責，沒有贏利的事我是不會去幹的。」

「那你這利潤從哪裡來？」李易成搖著頭，想不明白。

「想知道？」劉嘯笑呵呵地看著李易成，然後看了看表，「想知道的話，李大哥你得請我吃飯吶！」

李易成大汗，然後笑道：「你看我都糊塗了，我請我請，我請你去吃最正宗的雷城風味！哈哈！」

隨著李易成這一聲笑，剛才那股緊張的氣氛頓時就煙消雲散了。

劉嘯笑道：「其實我並不是為了搶佔市場而去免費，我的策略級、你的主動防禦，都是目前世界上最領先的安全技術，就是靠正當的競爭，我們也未必不能拿下市場。但話又說回來，國內的安全市場目前很不成熟，也很不規範，用戶的安全意識不高，不願意為安全買單，很多安全機構是不思改革技術，為了一點既得利益，就拚命封殺新技術，在這種情況下，採取免費策略反而是一種上策！」

「你說說，怎麼個上策法？」李易成問。

「可以促使這個市場迅速成熟起來！」劉嘯笑著，「其實，我本來是打算免費給三年五載的，我要把那些阻礙進步的企業全給逼死，把他們從這個市場徹底掃地出門；我要逼得他們不斷地革新自己的產品和技術。如果他們能造出更好的安全產品，讓用戶寧願花錢去買他們的產品，也不願使用我們的免費產品，那我就主動把這市場讓給他們！」

劉嘯長嘆了口氣，「我不想去扼殺誰，但市場卻終究有一天會成熟起來的，誰也無法阻擋，如果市場成熟的那一天，我們的技術卻跟不上潮流，那我們就是拱手把這個市場送給了國外的那些安全企業。」

李易成點頭，劉嘯說的，似乎有些道理，不過他很快就回過神來了，「不對啊，你還沒說錢從哪裡來呢！」

「如果我們佔領了國內個人用戶市場，那我們手裏就擁有了大量的用戶，這本身就是一種資源和財富，不過這只是小錢，我們還是得靠安全來賺錢。國內的市場不行，還有國外的市場，只要我們在相對成熟的歐美市場站住腳，那賺來的錢就可以彌補我們在國內的損失。」劉嘯笑著。

「國外市場？」李易成眼睛一亮，「你準備進軍歐美市場？」

「呵呵，沒辦法，人家都在那邊叫板了，我們要是不過去，就有點太說不過去了！」劉嘯笑道。

「你小子肯定是有主意了！」李易成看劉嘯一臉自信，就知道他肯定是有計劃了，於是一把抓住劉嘯，「走，我請你吃飯去，咱們邊吃邊說。」

兩人下樓出了門，李易成在就近的地方找了一家飯館，領著劉嘯走了進去。

「劉嘯，這次委屈你了！」李易成笑著：「現在公司沒收入，只能請你在這裏吃了，等你下次來，我一定請你到雷城最好的飯店去吃一頓。不過你放心，我剛才點的菜，都是最有雷城特色的菜，是這家店的招牌菜！」

「這地方很可以了！」劉嘯笑說，他對吃飯的地方不講究，只看飯菜可不可口。

「唉……」李易成嘆了口氣，自嘲地笑道：「你說得沒錯啊，混到我這地步，確實是挺失敗，朋友來了，連頓飯都請不起！」

「我的話你別往心裏去！」劉嘯知道自己剛才在樓上的話說得有些重

了，道：「我剛才只是想故意激一激你！」

正說著時，劉嘯的手機響了起來，一看，是個陌生號碼，接聽後，卻是景程的聲音：

「劉嘯，你現在在哪裡？我們總裁今天剛好有空，如果沒事的話，咱們一會兒在榮賓軒見個面，總裁要請你吃頓飯！」

「吃飯就免了吧，我已經和朋友在吃了！」劉嘯說。

「那就晚上吧，晚上咱們榮賓軒見！不打擾你吃飯了，晚上見！」景程說。

「晚上見！」劉嘯掛了電話。

「誰的電話？你在雷城還有別的朋友？」李易成問道。

「是華維打來的電話，他們的總裁要請我吃飯，我推到了晚上！」劉嘯看菜已經上來了，就拿起筷子。

李易成一聽，心裏很高興，那可是華維的總裁吶，平時都是別人排著隊要請他吃飯，現在他要請劉嘯吃飯，竟然還被劉嘯給推了，說明劉嘯更重視眼前自己這個小小的飯局。

李易成一這麼想，就激動了起來，朝服務員一伸手，喊道：「服務員，拿菜單來，再加兩個菜！」

劉嘯趕緊按住，「這些菜已經吃不了呢，咱還是趕緊吃吧，吃完我還得和你商量一下合作的具體細節呢！」

下午，劉嘯和李易成在會議室裏，一連商量了好幾個小時，才敲定了合作的具體細節，包括費用預算、將來的利益分配等等。

「李大哥，那咱們的合作就算是定下來了，回頭你再仔細想想，如果有什麼遺漏或者不滿意的地方，咱們再商量，確認無誤後，就可以簽合同了！」

「沒什麼不滿意的！」李易成擺了擺手，「你開出的那些條件已經很好了。」

「我們財務部明天早上就把錢給你匯過來，剩下的事，就全拜託給你了。本來我早想過來和你說合作的事，可前段時間軟盟麻煩事不斷，硬是給拖到了現在，時間上就有點緊了，你這邊沒什麼問題吧？」劉嘯問道。

「沒問題，絕對按照你的時間要求，一個星期搞定特製的防毒軟體，一個月構建起病毒即時救助的平臺！」李易成說，「你放心吧！」

劉嘯低頭看了看時間，「行，反正我這兩天走不了，有什麼事還可以再商量。今天時候不早了，我得會一會華維的那個總裁去！」

「你們約在什麼地方見面，要不我送你過去？」李易成道。

「不用，我搭個車過去就行！」劉嘯站了起來，把那些整理出來的文件統統塞到了手提包裏。

到榮賓軒時，景程正等在樓下的大廳。

「景前輩，對不起，我遲到了！」劉嘯趕緊走上前去。

「沒有，沒有！」景程笑著，「我也是剛到，總裁正在路上，估計一會兒就到，咱們先到裏面等著吧！」

景程前面領路，把劉嘯領到一個大包間裏坐下，然後笑道：「今天我把你的那番話說給總裁聽，他很感興趣，說年輕人中能有你這番見識的不多，他想見見你！」

「就是一點想法，談不上見識！」劉嘯客氣著。

「你的朋友呢，怎麼沒見到他？他在雷城是做什麼的？」景程問道。

「算是咱們的同行吧，我過來，就順便去看看他！」劉嘯答道。

兩人正說著，包間的門就被推開了，進來一個大概五十出頭的人，面色紅潤，圓臉闊耳，看起來非常富態。

景程急忙站了起來，道：「劉嘯，我給你介紹一下，這位是我們華維的總裁，顧振東先生。顧總，這位就是我跟你說的劉嘯，軟盟科技的總監！」

「你好，不錯，青年才俊嘛！」顧振東哈哈笑著，「來來來，都坐，坐下說。」

「顧先生好！」劉嘯說著，拿出了一個點心盒子，道：「這趟來得太匆忙，沒帶什麼好東西，這是海城有名的點心，您帶回去嘗嘗！」

「好好好！」顧振東很高興地收了下來，「讓你破費了！景程啊，回頭把我的那些茶葉給劉嘯帶一些！」

「顧先生真是太客氣了，您是我的前輩，更是我劉嘯非常敬重的商界偶像，我來看你，是應該的！」劉嘯笑著。

「我不過是比你們早生了二三十年罷了，沒什麼值得敬重的！」顧振東擺了擺手，站了起來，往餐桌走去，「景程，人到齊了，你吩咐他們上菜吧！」

景程便出去吩咐了一聲。

顧振東看了看劉嘯，道：「今天景程來跟我說了一些話，還把你狠狠誇了一頓，說實話，你的那些觀點確實是有些道理，不過，我也有一些不同的看法，趁著今天這個機會，咱們剛好交流一下！」

「顧先生有什麼指教儘管說，我洗耳恭聽！」劉嘯道。其實他接到電話，就已經猜出了顧振東的想法，自己的離間計對付景程還行，但到了顧振東這樣的商海達人眼裏，自然一下就能被看穿了。

「國內安全界，你認為哪家企業做得最好？」顧振東問道。

第八章　一山不容二虎

「顧先生這麼說，不會是準備對我們軟盟下手了吧？」劉嘯問道。

「咱們是競爭對手，我想什麼事都是有可能發生的！」顧振華端起酒杯抿了一口，他沒明說，但意思很明顯，一山不容二虎，華維肯定是要打敗軟盟的。

「那當然是我們軟盟了！」劉嘯想也不想就說。

「哦？」顧振東有些意外，他本以為劉嘯會說是華維呢，「難道我們華維也比不上軟盟嗎？」

「這要看從什麼方面衡量了！」劉嘯說，「如果是從企業贏利規模看，那華維的安全業務絕對是國內最大最好的，這毋庸置疑，軟盟在這方面是沒法跟華維相提並論的。在品牌價值、企業規模方面，軟盟更是差了華維很多，但要是單純從安全角度看，那軟盟就是國內最好的，甚至從長遠發展看，軟盟也是國內最好的，超過華維不過是時間問題罷了！」

「年輕人有信心有抱負是很好的！」顧振東笑道，「只是我聽說軟盟這兩天遇到了點麻煩，國內外都遭遇到不少的阻力，自保尚且不及，不知道你要拿什麼超過華維啊？」

「那算不上什麼麻煩，不過是幾個安全機構害怕我們軟盟，聯起手來搞了點小破壞，我們軟盟能應付得來的！」劉嘯笑說。

「我們華維做事，要麼不做，要做就肯定要做到最好，這是我們的宗旨。」顧振東看著劉嘯，「既然你說軟盟才是最好的，看來我們華維只有打敗軟盟，才能做得了這個國內第一。假如我們華維趁著這個機會，和那些企業聯合起來對付軟盟，不知道你還會不會認為這只是小麻煩！」

「哈哈哈！」劉嘯聽完，頓時大笑了起來，彷彿是聽到了一件天下最可笑的事，笑得景程和顧振東都有點發麻。兩人對視一眼，都不知道劉嘯在笑什麼。

「劉嘯，你笑什麼？總裁問你話呢！」景程忍不住開口問道。

「沒什麼！沒什麼！」劉嘯好不容易才收住了笑，端起杯子喝了口水，「顧先生的這個假設非常有意思，可惜只是個假設。」

顧振東看著劉嘯，緩緩問道：「如果這不是假設呢？」

「顧先生這麼說，不會是準備對我們軟盟下手了吧？」劉嘯問道。

「咱們是競爭對手，我想什麼事都是有可能發生的！」顧振東端起酒杯，也抿了一口，他沒明說，但意思很明顯，一山不容二虎，華維肯定是要打敗軟盟的。

「唉……」劉嘯嘆了口氣，「我本來想著顧先生久歷商海，行事應該知道輕重，肯定是不會這麼做的。但顧先生既然這麼說了，那我也不得不告訴你，如果華維真要是這麼做了，那結果只有一個，華維非但不能挫敗我們軟盟，還會從此徹底淪為一個二線品牌，甚至會連累到華維總部。」

「哈哈哈！」這下輪到顧振東笑了。他也笑得非常誇張。

顧振東好不容易收住笑聲，才道：「你這話真是太好笑了，你這次來雷城，無非就是希望我們華維不要和那些企業一起聯手對付軟盟，你是求和來的，不過你糊弄景程還行，想糊弄我，你還差了點！」

「我來雷城，只是敬重你們沒有和那些境外企業勾結起來對對付自己人，我很感激華維的這份情義，但並不是說我怕華維。」劉嘯嘆了口氣，「如果早知道是這樣，我就不會來雷城，更不會坐在這裏和你吃這頓飯！」

「呵呵，你堅持要這樣說，那也由你！」顧振東笑著，「只是我很不明白，為什麼華維和那些企業聯合後，反倒滅不了你們軟盟？這不符合邏輯啊，你要怎麼解釋這個！」

劉嘯舉起酒杯，「來，喝了這杯，我再給你解釋！」

「好！願聞高見！」顧振東明白劉嘯的意思，他剛才說是感激華維的情義，那這杯酒就是斷交酒了，喝了這杯酒，雙方便不必再顧忌什麼情義了，你華維可以對軟盟下手，軟盟也不會有所保留。

但顧振東還是決定喝了這杯酒，因為他根本就不相信劉嘯的話，這麼多企業聯合起來對付軟盟，軟盟絕對沒有生還的可能，還說什麼華維由此會淪落為二線品牌，更是無稽之談，哄鬼都還不合格呢！

景程沒辦法，嘆了一口氣，也陪著兩人把這酒喝了。

「這下可以說了吧！」顧振東緩緩放下酒杯。

「說之前，我想請問景前輩一個問題！」劉嘯看著景程，「這次所有的歐美安全機構都聯手對付軟盟，他們為什麼要這麼做？」

景程想了想，「我想他們是害怕軟盟的策略級產品上市吧。軟盟這款產品的威力，在黑帽子大會上已經得到證實，一旦上市，將會顛覆整個安全市場格局！」

「好，景前輩還算是說了實話！」劉嘯笑了一聲，「那你認為他們能不能夠成功？」

「這……」景程遲疑了，不知道該怎麼說，他看了看顧振東，道：「在安全界，想封殺一項更為先進的安全技術，可能很困難，但如果要封殺一個企業，應該……應該還是可以辦到的吧！」景程說得是吞吞吐吐。

「封殺不掉我們的技術，又怎麼能封殺掉我們的企業呢？」劉嘯反問，不過隨即笑道：「到現在為止，這些所謂要封殺掉我們軟盟的企業，有哪一個企業真正瞭解我們的策略級技術？」劉嘯笑著搖頭，「我們的產品根本沒有上市，他們連我們的產品長什麼樣都不知道，就急急推出一大批偽造的山寨版策略級產品，你認為這樣就能封殺掉我們的產品嗎？你有沒有想過，假如我們軟盟推出的並不是一款策略級產品呢？」

「嗯？」劉嘯此話一出，顧振東和景程都傻了，這倒還真是沒有想過，不過，你不推出產品，那還開企業幹什麼？

劉嘯掃了一眼兩人驚訝的神色，繼續道：「說句實話，我們軟盟已經把策略級的核心封裝成了一個安全引擎。安全引擎提供了多組介面標準和幾百個函數，任何安全機構，甚至是軟體企業，只要採用我們的安全引擎進行開發，就可以設計出屬於自己的策略級安全產品，而且安全性完全超越目前市面上所有安全產品。現在，我們軟盟正在和數家企業洽談合作的事情，他們對我們的這個安全引擎都非常感興趣，這些企業裏，包括了剛進入安全領域的微軟，以及個人電腦業霸主ＩＢＭ。」

劉嘯一攤手，「你們想，只要我們軟盟把這個安全引擎推向市場，會有多少人，多少企業想要拿到我們引擎的使用權，我們根本不需要設計具體的產品，僅僅靠收取安全引擎的使用費，我們軟盟也不會垮掉。而那些對我們軟盟下手的安全機構，是不可能得到這個平臺的使用權的，面對技術更為先進，勢力也更為龐大，對安全市場虎視眈眈已久的微軟、ＩＢＭ，你認為最先垮掉的會是誰？」

兩人這下傻了，這是他們根本沒想到的事。

「軟盟無所謂，船小好調頭，就算是退上一萬步，我們這條路走不通，回去重新做以前的老業務，給人做資料重灌或安全培訓，軟盟也能存活下來。但華維不一樣，在安全業務領域的攤子一開始就鋪得這麼大，砸下去那麼多的錢，萬一有個閃失，導致投資失敗，後果不用我說，你二位比我更清楚！」

劉嘯看著兩人，然後站了起來，「好了，該說的也都說了，多謝顧先生今天的熱情招待，劉嘯這就告辭了！」

劉嘯走出去好幾步，顧振東才反應過來，趕緊站起來追上，「留步，留步！」

「顧先生還有什麼指教嗎？」劉嘯回頭問道。

「你們年輕人就是這樣，心浮氣躁。」顧振東笑說，「我剛才不過是說笑而已，小小地試探了你一下，你看你，說走就走。來來來，坐下吃飯，該怎麼做難道我還不知道嘛，我顧振東就是再不濟，也不會和外人合夥來對付自己人。」

顧振東一邊說著，一邊拉著劉嘯重新坐回到了飯桌前。

劉嘯這才長長地呼了一口氣，提著的心就此放了下來，總算是把這個老奸巨猾的顧振東給唬住了。

其實劉嘯剛才那些話，也不全是唬人，至少和微軟的合作不是他編造出來的，如果劉嘯那天要是真的答應了康麥克的合作方案，那就像他當時告訴張小花的那樣，整個安全界將會重新洗牌，從這點講，劉嘯甚至是救了那些對軟盟下手的安全機構，這也包括華維在內。

顧振東再也不提對付軟盟的事，只是一句話：「不醉不休」，最後還真喝得劉嘯有點頭暈了，顧振東看喝得差不多了，就安排自己的車送劉嘯去酒店。

景程把劉嘯扶到了樓下，等上來時，就見顧振東一個人坐在那裏，手裏拿著劉嘯送他的點心，翻來覆去地看。

「顧總，咱們也回去吧！」景程說道。

顧振東站了起來，道：「劉嘯這個人不簡單啊，我看他剛才說得那些話，多半是在威脅咱們！」

「這不會吧！」景程詫異，「那咱們怎麼辦？賽門鐵克還一直催著咱們對軟盟下手呢！」

「讓他們催去吧！」顧振東皺眉擺了擺手，「我看也只能按劉嘯說得辦了，他的意思我還是能聽明白的，只要咱們不和那些海外的安全企業聯手，那軟盟就不會拋出那個安全引擎來，咱們華維在安全業務上投了十多億美金，現在一分錢都還沒收回來，不能冒這個險。」

顧振東說完，拍了拍手上的點心盒子，嘆道：「咱們當初選擇和賽門鐵克合作，看來真是個失誤啊！」

顧振東說完，一邊搖頭，一邊就走出了包間。

劉嘯在雷城待了兩天，和李易成敲定合同之後，準備回海城，景程親自送劉嘯上的飛機，又送給劉嘯兩盒好茶，據說是顧振東自己喝的茶葉，一般人有錢都買不到。

飛機在海城落地後，劉嘯沒有直接回家，也沒有去公司，他想了半天，反而搭車前往銀行。

還是金融銀行那個111#保險櫃，劉嘯來到這個保險櫃前，翻出上次的那把鑰匙。

不知道怎麼回事，劉嘯剛才在飛機上，突然想起了踏雪無痕，自己最近沒和踏雪無痕聯繫，踏雪無痕也沒跟自己聯繫，劉嘯心裏有點不踏實，所以一下飛機，就趕到了這裏，他想看看能不能從這裏得到一些踏雪無痕的消息，也不知道踏雪無痕最近有沒有事。

拉開保險櫃，劉嘯看到裏面又多了一個硬碟，再仔細看了看，沒有發現有留言或者是紙條什麼的，劉嘯伸手把硬碟拿了出來，放進口袋，然後關好保險櫃的門，走出了銀行，直奔公司。

到了公司，劉嘯發現公司裏的人並不多，上次ＤＴＫ給軟盟製造的麻煩，到現在都還沒處理完，大多數人都出差去了，經過會議室時，劉嘯從窗口往裏面瞥了一眼，發現裏面坐了什麼人，公司的幾個負責人也在裏面。

敲門進了會議室，裏面業務部的負責人正在給媒體介紹軟盟這款個人安全系統的詳細情況，看見劉嘯進來，就停下了話頭，要站起來。

劉嘯趕緊擺手，示意對方繼續，然後坐到商越旁邊，低聲問道：「怎麼樣？策略級核心的融合完成了沒有？」

「沒問題，都弄好了！」商越點著頭，「就等你回來，咱們就可以正式發佈了。」

「那就好！」劉嘯點頭笑著，「這會進行多久了？」

「不到半個小時！」商越看了看時間，「主要是問咱們推出的這款產品有什麼特色，和黑帽子大會上展示的那款有什麼不同。」

兩人正說著，業務部負責人介紹完，便指著劉嘯，「諸位，這就是我們軟盟的劉總，如果諸位還有什麼疑問，可以問劉總。」

沒等媒體們發問，劉嘯先站了起來，「謝謝在座諸位對我們軟盟的關心和支持，我知道在座很多都是國內專業媒體的資深編輯，我想你們今天來，肯定都帶了各種檢測工具，是有備而來的，呵呵，這樣吧，我帶你們去體驗一下我們的這款新產品，請你們多多批評指教！」

劉嘯這一說，媒體都樂了，還真讓劉嘯給說對了，有不少人是帶了檢測工具來的，甚至專門請了駭客高手，他們都想看看軟盟的產品到底有沒有那麼神奇。

「對了！」劉嘯又看了一眼商越，「今天沒有帶工具的，也不用著急，你們可以採訪我們的新任技術總監商越，她是我們這款產品的開發負責人，關於這款產品她最有發言權。還有，她就是之前黑帽子大會上我們軟盟的代表，當時她在美國，很多媒體都沒有見到，現在可是個好機會！」

「嘩！」媒體頓時大亂，靠近商越的，立即走到商越面前，開機的開機，拿錄音筆的拿錄音筆，後面反應慢的，就擠不到商越跟前去了。

「好，想體驗我們新產品的，請跟我走！」劉嘯帶著這些記者到了技術開發部。裏面有幾個人正在對產品進行介面的進一步優化。劉嘯讓他們先把手裏的工作停下來，吩咐他們把產品安裝到外面的電腦上，供那些媒體的編輯測試。

趁著技術人員在安裝軟體，劉嘯簡單介紹了一下，「我們這次推出的這款安全系統，主要是針對個人用戶，這款產品採用的安全核心，就是軟盟自己研製的策略級安全引擎，和我們在黑帽子大會展示的那款防火牆的核心是一樣的。」

媒體們今天來，衝的就是這策略級產品，一聽這話，不禁又多了幾分期待。

「除了基本的反入侵反間諜的功能外，我們這款產品還提供了一些簡單而實用的附屬功能，比如說檢測系統漏洞、系統安全設置等等，將來還會有更多的功能會逐步完善。我們的目標是滿足所有個人用戶的不同安全需求，不管你是上網衝浪，還是商業辦公，我們的產品都能完全應付用戶的安全要求。」劉嘯笑了笑，「這是我們軟盟推出的第一款安全軟體，我們一定會做到精益求精。」

很快軟體就安裝好了，媒體記者開始在電腦上安裝自己的檢測軟體，有的甚至開始在架設攻擊環境了。

劉嘯看了看，估計他們一時半會也搞不完，就起身往自己辦公室走去，推門進去，發現業務部的負責人在裏面坐著。

看見劉嘯進來，業務部負責人站了起來，笑道：「劉總，實在受不了，這些媒體太踴躍了，我躲你這兒喝口水。」

「喝吧！」劉嘯笑道，「我正好有事問你呢！這幾天錢先生有沒有派人過來談合作的事？」

「沒有啊！」業務部負責人回答，「這幾天我一直在公司，沒看到！哦，對了，微軟倒是打過電話，得知你不在，就掛了！」

劉嘯點了點頭，心想這錢萬能是怎麼回事，不是說好要派人過來談合作的事嗎，怎麼到現在還不見人過來？歐美機構聯手對付軟盟，劉嘯和公司的人商量好對策後，就想給錢萬能打電話知會一聲，可錢萬能名片上沒有電話號碼，劉嘯只好給張小花打電話，可張小花說錢萬能在劉嘯離開封明後也就離開了，說是回去和他老婆商量修廟的事去了。

劉嘯倒不是怕錢萬能反悔，而是怕錢萬能知道這事後著急，他去找那些歐美安全機構的麻煩，反而會影響到軟盟已經制定好的對策。

「算了，先不管他了，反正我們暫時還不會去衝擊海外市場！」劉嘯頓了頓，「咱們產品的下載伺服器什麼的，都準備好了吧？」

「都準備好了！國內的幾個下載站，我們也都聯繫好了，只要到時候把產品傳過去，就可以同時進行下載服務！」

「那就好！」劉嘯笑了笑，「有了今天這些媒體給咱們造勢，估計在國內市場方面，我們應該能迅速打開局面。我這次去雷城，也穩住了華維，只要他們不搗亂，那國內市場的形勢對我們來說，是一片大好。接下來我們要做的，就是穩住國內市場，趁著這大好時機，趕緊開發出新技術和新的贏利增長點，然後看準機會，大舉進攻海外市場。」

「劉總上次提議的那個安全協調技術，我們商量後，覺得大有前途，我們已經制定出了技術研發小組的名單，但目前這些人還在外地，只要他們回來，咱們就著手開始具體的研發工作！」

「好！」劉嘯煩惱地說，「我現在覺得咱們可以做的事情實在是太多了，反而不知道該從哪裡下手！」

「慢慢來嘛！」業務部的負責人笑道，「我倒是覺得軟盟過去做得太少了，現在我們還能做得更多！」

「得，你就慢慢喝你的水吧！我出去看看那些媒體怎麼樣了！」劉嘯笑著，起身出了自己的辦公室。

一到外面，發現所有的媒體都圍到了員工工作區，在觀看那幾個技術達人的測試，商越也站在那裏，旁邊還有幾個記者和她在聊著。

劉嘯走到商越跟前，裏面被圍著，一時看不到裏面的情況，就問商越：「裏面測試得怎麼樣了？」

「目前為止，所有的測試結果都是安全的，他們還沒有檢測出咱們軟體有什麼疏漏的地方！」商越笑著，「你那個策略級核心果然是厲害，採用這個引擎之後，系統安全性能簡直可以說是恐怖了！」

「對了，我讓你在軟體裏設置一些限制，防止軟體流到海外，你做了沒有？」劉嘯又問。

「早就做好了！」商越點點頭，「我們自己的下載伺服器做了ＩＰ過濾，海外的ＩＰ是無法被下載的，但其他下載站就不能保證了。所以我還設置了其他的限制，軟體在安裝的時候會進行一次檢測，如果電腦的ＩＰ來自海外，或者作業系統是非中文版本的，安裝程式會自動終止。另外，我還在更新模組做了設置，我們的更新伺服器如果發現請求更新的ＩＰ來自海外，就會拒絕對方的請求，軟體在收到拒絕更新的提示後，會啟動自我卸載功能。」

「好！很好！」劉嘯笑著，「我們的產品不到海外，我看那些歐美企業的獨角戲要怎麼唱下去！哈哈。」

劉嘯又想起一件事，附耳對商越吩咐道：「你去安排一下，把我們的軟體燒成光碟，凡是今天來的媒體，每人送一張，讓他們先體驗一下，順便幫我們聚集一下市場的人氣。」

「好，我這就去辦！」商越點頭，轉身進了技術開發部。

劉嘯撥開人群，走到了最裏面，發現有幾個人坐在電腦前苦思冥想，看來他們能做的測試都做了，現在是在想還有沒有什麼遺漏的地方。

劉嘯笑道：「怎麼樣了，各位？」

一位達人站了起來，搖著頭，一臉納悶，道：「劉總，我算是服了，我能用的招數全都用了，你們產品的安全性能確實是厲害，可以說是滴水不漏，我用上了偽裝手法，依然騙不過你的這套系統。」

另外一位也站了起來，嘆著氣道：「我也一樣！劉總，你們到底是怎麼做的，這些非法操作其實和正常操作沒什麼大的區別，很難區分，你們的產品是如何做到準確判斷的？」

「哈哈，這可不能告訴你們，這是我們的商業機密！」劉嘯笑說。

「看來黑帽子大會上的傳聞確實是真的。劉總，你們的這款產品到底什麼時候上市，我本人非常期待啊！」這位達人算是徹底服了。

「就在這兩三天了，到時候還請諸位多多幫忙宣傳！」劉嘯拱手答謝，「不過，今天所有在場的媒體朋友們，你們不用等，我們已經把軟體燒成了光碟，等會兒你們就可以帶回去，提前體驗一下我們的這款產品。」

在場的媒體人再次高興了起來，這東西可是秒殺黑帽子大會的話題產品啊，帶回去可是吹牛的好東西。

「還有一件事想拜託諸位給宣傳一下！」劉嘯笑著看著眾人，「我們的這款產品，目前只有中文版一個版本，而且只在國內推廣，國內的用戶不需要花費一分錢，就可以免費使用這款產品，享受全球第一流的安全服務，在今後的一段時間內，我們軟盟也不會開發這套軟體的任何海外版，不會向海外推廣，這一點，請諸位寫新聞稿的時候務必要寫清楚。」

媒體人有些發愣，不明白劉嘯這話的意思，在國內免費是好事，可不向海外推廣又是怎麼回事，是害怕不能打開海外市場，還是和那些國外的企業早有了私底下的默契呢。

劉嘯沒給那些媒體發問的機會，又道：「好了，大家現在就可以到技術開發部去領一套我們的產品，再次感謝你們的支持和關心！」

把媒體送走後，公司的幾個負責人圍到了劉嘯跟前，每個人都很高興，「這下可妥了，咱們一分錢都沒花，廣告效果就打出去了，有了這些媒體給咱們搖旗吶喊，咱們能省不少事呢。」

「不過，劉總！」業務部負責人看著劉嘯，「你剛才怎麼不直接說那些安全機構聯手對付咱們的事呢，繞那麼大一個圈幹什麼！」

「這個圈子不白繞，留個問題給他們，他們才會更有積極性！」劉嘯笑呵呵地說著，「對了，不管誰來採訪，你們都得保密，咱們暫時不進軍海外市場的原因，絕不能說出去。」

「那肯定的！」眾人都表示明白。

「我估計明後天，這些媒體的報導還有評測就會發表，咱們剛才送給他們的產品，也肯定會被放到網上去共用，咱們給他們一點時間，讓他們儘管去炒熱，等攢夠了人氣，咱們再正式推出這款產品！」劉嘯又對商越道：「商越，你去安排一下，咱們所有海外網站的口號改一下，改為『軟盟目前沒有發表除中文版外的其他任何版本，短期內也不會發表』。」

「好！」商越點著頭。

「這個倒不忙，反正咱們現在又多了幾天的時間！」劉嘯攔住她，「你這幾天盯著點易成軟體那邊，讓他們按時把反病毒軟體交上來，有什麼問題就及時和他們溝通，爭取咱們的產品和他們的防毒軟體同時推出。呵呵，咱們也不能完全讓媒體把咱們的底摸透了！」

「行，我知道了！」商越點著頭。

「那行，大家各自忙去吧！」劉嘯笑著，「最後檢查一下各個環節，不要到時候出了什麼紕漏，然後就是按部就班進行咱們下一步的計畫，不能讓這個產品的推出干擾咱們的視線。」

回到辦公室，劉嘯坐在那裏，拿筆在紙上不停地畫著，他把今後要做的事情仔細地理了一遍，最近的事情實在是多，沒有個主次先後，很容易把自己搞亂。

劉嘯在紙上比劃了半天，最後決定把安全引擎的事往後挪一挪，現在軟盟的產品還沒上市，估計所有的對手都不會甘願認輸的，肯定會有所反擊，只有等軟盟的策略級安全產品全部上市後，讓他們見識到了策略級核心的威力，也等軟盟確立了市場優勢後，才有資本讓他們承認軟盟的領導地位。

劉嘯在網情部和追蹤系統上劃了個圈，現在就先搞這兩個吧，網情部的事情已經有眉目了，商越已經制定出軟盟網情部的架構，自己也已經有了監視網路間諜組織的頭緒，只要分頭去做可以了。關鍵是這個追蹤系統有點麻煩，看來只能先搞網情部，閒下來的時間再抽空琢磨追蹤系統的事。

放下筆，劉嘯想起了自己今天從銀行拿到的那個硬碟，趕緊從口袋裏摸了出來，本想趕快打開看看，最後一想，還是算了，誰知道安不安全啊，還是像上次那樣，找個網咖再看比較穩妥。想到這裏，劉嘯就又把硬碟塞進了口袋裏。

又想起還有和李易成簽好的合同，劉嘯便到檔案室把合同交了，然後打電話聯繫熊老闆，看熊老闆是否從封明回來了。

很不巧，熊老闆說自己還在封明，還沒有回到海城，「你有什麼事嗎？」熊老闆問道，不知道劉嘯打電話過來有什麼事。

「沒事，沒事，就是問問罷了！」劉嘯笑說，「那邊的事怎麼樣了？」

「目前確定要投資的沒幾家，就只有OTE還有那個錢胖子，另外還有國內的兩家科研機構，其餘的一時還定不下來，估計他們得協商上一段時間才能有消息。」熊老闆笑著，「不過這也沒什麼，畢竟這個開發區現在是一空二白的，我們現在正在和封明市政府討論開發區道路建設以及城市公共設施建設的方案，等這些硬體搞起來，來投資的就多了。」

「老錢不是走了嗎？」劉嘯有點納悶，「他的投資怎麼確定下來的！」

「哦，那錢胖子確實是走了，不過他留下了一個人，目前正在和開發區商量他那廠址的問題。」熊老闆說到這裏，也是有點納悶，「劉嘯，那個錢胖子到底投資搞什麼廠啊，怎麼還拉上了張小花？」

「好像是搞什麼高科技材料添加劑的吧！」劉嘯沒敢說太明白，那可是人家的商業秘密。

「那完全可以和我們高新建設投資集團合作嘛！」熊老闆疑惑地說，

「為什麼非要點名和張小花合作呢！現在張小花在逼老張，要麼是把高新建設投資集團名下的一個玻璃廠轉到她名下，要麼就幫張小花在開發區重新投資建個什麼玻璃塗料廠。他們父女倆現在正僵著呢！」

「不會吧！那我回頭去勸勸他們，其實這也沒什麼不放心的，老錢和小花合作的那個項目挺有前途的，根本不愁客戶！」

「哦！」熊老闆沉吟了一下，劉嘯說話辦事一向很穩重，既然他敢說這事有前途，那估計就不會錯了，於是道：「那行，我也去勸勸老張，他平時老說自己閨女不頂事，幫不上自己忙，現在閨女想單獨歷練歷練，那就放手讓她幹嘛，一個玻璃廠，就是全賠了，也沒有幾個錢。」

「呵呵！」劉嘯笑著，「不會賠的，我這就去勸勸張叔！」

「那行，我就不和你多說了！等我回海城，再給你電話！」熊老闆就掛了電話。

劉嘯站在那裏，正想著要怎麼去跟張春生說這件事，手裏的電話響了，拿起來一看，正是張小花打來的。

劉嘯趕緊接起來，「小花，什麼事？」

「你讓我弄的那事，我已經弄好了！」張小花說話聲音懶洋洋的，大概是躺在床上打電話呢，「那個什麼軟體，我也給裝上了！」

「太好了！」劉嘯大喜，這下自己監控網路間諜組織的系統就可以著手組建了。

「唉，累死我了！」張小花嘟囔著，「你準備怎麼感謝我，報答我啊！」

「啊？」劉嘯一愣，道：「那剩下的錢不是都給你花了嗎，怎麼還要報答啊！」

「那是應該的，你說過剩下的錢隨便我花，我肯定是不會客氣的！」張小花咯咯笑著：「我現在超級缺錢，要不，你再給我寄點過來？」

「我可沒錢！」劉嘯回說，「我有多少錢你最清楚了。對了，你要錢幹什麼？我剛才給熊哥打電話，他說你要單獨弄個材料廠，張叔不同意。」

「正因為他不同意，所以我才缺錢啊，我要自己籌錢，自己開廠！」張小花終於來了精神，聲音不再懶洋洋了，嘿嘿笑著，「我已經籌得差不多了，再過幾天，估計就能破土動工了。」

「嗯？」劉嘯大感意外，「你怎麼籌來的錢？」

「我們住的這棟房子，是以我的名義買的，我把房產證抵押給銀行，貸了一筆錢。」張小花有點不爽，「不過還差一點點，要是實在籌不到，我就只好把我的車子、衣服、鞋子、包包都先賣掉了。」

「不會吧，你把房子抵押了，張叔知道嗎？」劉嘯大吃一驚。

「你笨蛋啊，他要是知道了，我還能抵押出去？」張小花嗤了口氣，「反正房子是在我名下，我願意抵押就抵押，誰讓他不肯借錢給我。到時候要是工廠建不起來，還不上銀行貸款，就大家一起睡馬路好了。」說完，張小花一頓，又道：「不對，我可以不睡馬路啊，我到時候上你家睡去！」

劉嘯大汗，「你就別想那麼遠了，我的姑奶奶。」劉嘯徹底被張小花打敗了，她還真是有本事啊，連自己家房子都敢抵押出去，「我看你就別鬧了，抵押什麼房子啊，我去找張叔談談，我保證他借錢給你！」

「你有什麼辦法？」張小花問著，「說來聽聽啊！」

「這……」劉嘯支吾著，「我這不是正在想嗎，你放心，兩天之內，我肯定給你解決！」

「行，那我就給你兩天時間！」張小花呵呵笑著，「兩天之後我見不到錢，我就把你賣了！」

「只要能賣出去，你就賣吧！」劉嘯笑著，又道：「對了，老錢走的時候，有沒有給你留下聯繫方式？」

「沒有啊！」張小花也是很費解，「就給我一張名片，上面什麼也沒有！」

「沒有就算了！那我現在就去給你想辦法去了。」

掛了電話，劉嘯開始頭疼，自己該怎麼去說服張春生呢。

第九章　時來運轉

業務部負責人興奮不已，「剛才我一看那麼多電話，心裏還真有點害怕，就怕跟之前一樣，又是什麼壞事。現在看來，咱們軟盟時來運轉了啊，也該咱們走點好運了！」

「沒錯，是時來運轉了！」劉嘯也有這種感覺。

「頭，這是上面發過來的文件！」小吳把一份文件放到了方國坤的辦公桌上。

「上面說什麼？」方國坤繼續忙著自己的事，頭也沒抬。

「上面說，今天我們駐美大使館領事會見美國商務部長的時候，美方有意無意提到了錢萬能在封明的投資，根據上面的判斷，好像美方對錢萬能的這個投資有些不滿。」小吳說。

「這關他們什麼事，他們有什麼不滿的！」方國坤就有些生氣，抓起文件瞄了一眼，然後站了起來，「這個錢萬能也真是的，以前從來沒聽說他搞過什麼投資，這次怎麼突然就想起在封明搞投資呢！」

「上面的意思是，既然美方如此在意，那錢萬能在封明投資的項目肯定是非比尋常，上面希望我們儘快搞清楚錢萬能具體的投資項目是什麼！」

「錢萬能都已經出境了，我們還怎麼去查？」方國坤踱了兩圈，「這錢萬能做生意，向來都是根據客戶的要求提供東西，你要什麼，他就給你什麼，至於他是從哪裡搞來的，怎麼搞來的，根本就沒人知道。別看現在錢萬能在封明投資建廠，他廠裏生產出來的東西是做什麼用途的，錢萬能自己要是不說，那誰也別想知道！要想弄清楚，就得等他生產出來後，然後我們買回來去做研究！」

「可是上面還等著我們答覆呢！」小吳看著方國坤。

方國坤皺眉踱了幾圈，道：「美國人表示反對，那就說明他們應該是知道錢萬能這個項目是做什麼的。如果是這樣的話，那他們之間肯定是有過合作的。」

「應該是這樣！」小吳點頭，這個分析非常合理。

「錢萬能投資的這個項目，應該對美國人很重要，所以他們才會如此重視，否則也不會動用外交途徑了。」方國坤順著思路一直往下推想，「可為什麼錢萬能現在突然不和他們合作了呢？」

小吳搖頭，這誰猜得到啊。

「肯定不是美國人不需要錢萬能的貨，我想，很有可能是美國人在什麼地方得罪了錢萬能！」方國坤簡直就是天才，一下就切中了要害，他道：「你回覆上面，就說這是一筆正常的投資，無需理會美國方面的暗示。」

小吳有點猶豫，「我們還是弄清楚的好，要是因此引起了雙方的貿易摩擦，怕是要追究我們責任呢！」

「要是不讓錢萬能來投資，那我們永遠也不可能弄清楚，對美國有用的東西，肯定對我們也有用，就這麼辦，我會寫一份詳細的報告給上面的！」方國坤頓了頓，「如果我沒記錯，錢萬能在海城給了劉嘯一張名片？」

「是！」小吳點頭。

「想製造摩擦也不是那麼容易的事，這是他們和錢萬能之間的糾紛，我們肯定是不會給他們扛這個鍋的！」方國坤冷哼一聲，「我現在就去一趟海城，聯繫錢萬能，讓他自己把這事搞定！」

第二天早上劉嘯到公司，一上樓，公司門口的接待美眉就說：「有人找你！」

「這麼早，是什麼人找我？」劉嘯問。

「我讓他在會議室等著呢，你自己去看看吧！」

劉嘯推開會議室的門，就見方國坤正坐在會議桌前看報紙。

「是你啊！」劉嘯有點意外，心裏開始忐忑了起來，方國坤找自己幹嘛？難道是奔著昨天那硬碟來的嗎？

硬碟劉嘯昨天看了，是踏雪無痕留下的，上面還是關於網路間諜組織的資料，而且比上次更詳細，全球幾大網路間諜組織頭目的真實資料全在上面。除了雁留聲以外，可以說是憑著那份資料，就可以將這些網路間諜機構全盤搗毀，只是缺少證據，抓住也沒用。

「是我！」方國坤放下報紙，「怎麼，還對我有意見嗎？」

「算了，過去的事就不提了！你這麼早來找我，有事吧？」劉嘯試探著方國坤的來意。

「是有點事！」方國坤笑說，「事先不急，你先看看這個！」方國坤把報紙拿到了劉嘯面前。

「什麼啊？」劉嘯低頭往報紙看去，這是一份今天剛剛出刊的《電腦報》，報紙的頭版連著二版，整整兩個版面，都在介紹軟盟即將推出的新產品以及各種安全測試的結果。

「你搞得不錯嘛，在我印象中，電腦報發行十多年來，除了系統軟體和那些專業軟體外，好像還從沒有如此專門介紹過一款個人安全產品。」方國坤說，「其他幾份專業報紙，今天也在頭版刊登了關於你們這款軟體的文章，軟盟到你手裏不過只有數月，在國內外的影響力已經是如日中天，讓我不得不佩服你了。」

「媒體們的熱度也就幾分鐘而已，再過幾天，怕是我們想讓人家報導，人家也不給報導了呢！」劉嘯把報紙放在桌子上，心想方國坤這是使的什麼招？不說來意，一來就先把自己誇獎一頓。

「你真準備把這款軟體免費推廣？」方國坤看著劉嘯，「你們這款產品的安全等級可不低啊！」

「沒錯，是打算免費！」劉嘯說，「不過，免費的只是這次推出的個人版，我們很快還會推出其他版本，比如企業版什麼的，安全等級還會更高一些，也更專業化，那些版本是要收費的！」

「媒體們對你們這款產品的安全等級評價已經很高了，如果你們還有安全等級更高的版本，倒真是讓我有些吃驚了！」方國坤確實有點意外，「你們專業級別的版本，是不是就是黑帽子大會上展出的那款。」

劉嘯呵呵笑著，「差不多吧！」

方國坤一揚眉，道：「那你們專業級別的產品，現在開發到什麼程度了，能不能送給我一套拿回去做個測試？」

「已經開發得差不多了，你要是有興趣的話，一會兒我送給你一套就是了！」劉嘯很爽快地答應了下來，「記得把測試結果給我就行！」

「那是肯定的，如果你們產品確實安全等級夠高，我還會建議有關部門採購你們的產品！」方國坤回道。

「那太好了，先謝謝你了！」劉嘯不對方國坤的話抱什麼希望，不過還是很謝謝他這麼說。

「那咱們就說正事吧！錢萬能你肯定認識吧？」

「認識，上次在封明你不是也見到他和我在一起嗎，怎麼了？」劉嘯有點意外，方國坤是為錢萬能來的不成？

「他應該給了你一張名片吧？」方國坤問。

劉嘯點頭，「沒錯，我是有一張他的名片！」

「我今天來找你，就是想借這名片一用！」方國坤笑說。

「啊？」劉嘯差點以為自己聽錯，方國坤大老遠跑來，就是為了借張名片，是不是有點太離譜了啊。

「借名片？不會吧，那名片上除了錢萬能三個字，就什麼也沒有了，借那個有什麼用？」劉嘯有點意外，但同時也放下心來，看來方國坤並不知道踏雪無痕透過銀行保險櫃和自己聯繫的事。

「呵呵，看來你並不知道這名片怎麼用！」方國坤呵呵笑著，「沒事，你只管把名片借給我就是了！」

劉嘯頓時睜大了眼睛，怎麼？這名片還有別的用法嗎，他可是第一次聽說，真是有點稀奇啊。

「放心，我沒有別的意思，我就是借你的名片和錢萬能聯繫一下！」方國坤走到劉嘯跟前，「是錢萬能在封明的投資出了點麻煩，我得通知他一聲！」

「噢！」劉嘯應了一聲，他倒是不關心方國坤要跟錢萬能說什麼，他只關心用那名片要怎麼聯繫上錢萬能。

「那行，名片在我辦公室，你跟我來！」

進了辦公室，劉嘯招呼方國坤坐下，然後拉開辦公桌的抽屜，在名片夾裏翻了翻，把錢萬能的名片找了出來。

劉嘯特意拿在手裏看了看，除了材質不同，沒有什麼特殊的地方，完全看不出這名片有什麼特殊的用法。劉嘯看不明白，索性直接遞給了方國坤。

方國坤接過來一看，「沒錯，就是這張！」說著，方國坤從衣服口袋裏掏出一個機器，然後把那張名片從機器下面插了進去。

劉嘯定睛仔細一看，發現方國坤手上那個東西十分新奇，外觀很像手機，但只有兩個按鍵，也沒有螢幕，就像是一個小型的大哥大，機器下面有個細縫，剛好能插進一張名片。方國坤把名片插進去後，手機上的一點按鍵就亮了起來。

只見方國坤按下那個發亮的按鍵，過了十來秒，另外一個按鍵亮了起來，就聽那裏面傳來了錢萬能的聲音，「是劉嘯吧！」

方國坤笑說，「錢先生，是我，方國坤！」

那邊的錢萬能似乎有點意外，「是你啊，有事嗎？」

方國坤對劉嘯道：「我有些話想和錢先生單獨說，你能回避一下嗎？」

「好！」劉嘯反正也不想聽，就出了辦公室，在公司裏溜達著。

大概過了十來分鐘，見方國坤走出辦公室，劉嘯趕緊過去，「談完了？」

方國坤點點頭，「電話沒掛，錢先生好像有話要和你講。」

劉嘯進了辦公室，將那台機器拿了起來，「老錢，是我！」

「哈哈，我聽到了，你的聲音我一聽就聽出來了！」錢萬能笑道。

「我說你怎麼回事，不打個招呼就走了，我找你也找不到！」劉嘯發著牢騷。

「老婆大人有令，說重修金寶寺是個大事，要我回去和她好好商量，我只好先回去了！」錢萬能說，「怎麼，你找我有事？」

「就是咱們合作的事，出了點狀況，我……」

「什麼狀況？你是不是又不想和我合作了？」劉嘯話還沒說完，錢萬能那邊就急了。

「不是！」劉嘯說，「你儘管放心，我肯定和你合作！」

「那還能有什麼狀況？」電話裏傳來吸吮的聲音，八成這錢胖子又在喝奶茶了。

「歐美幾個大的安全機構，為了排擠我們這款安全產品，聯手搞了一些小動作，想搞臭我們產品的名聲！」劉嘯說道。

「有這事？」錢萬能有點意外，隨即道：「沒事，幾個跳梁小丑罷了，我會搞定的！總之，把產品交給我老錢，你儘管放心就是了。」

劉嘯大汗，「我怕的就是這個！你不用去搭理他們，儘管讓他們去折騰，我已經想好對策了，不過需要一點時間做準備，等萬事俱備之後，咱們只要動動手指，就能一舉拿下他們。」

「哦，這樣啊！」錢萬能思索了一會兒，道：「那行，就按你的對策執行就是了，啥時候你準備好了，就通知我一聲，反正這代理商我以前也沒搞過，也得做做準備，只要咱們的合作沒變化就行！」

「絕對不變！」劉嘯笑著，「你現在就可以派人過來，咱們把合同簽一簽！」

「那個不急，我和老婆商量好之後，還得去一趟封明，到時候我親自過去簽！好了，不多說了，你有事就打我電話！」錢萬能說完，就掛了電話。

劉嘯看著手裏這奇怪的機器，心想我到哪裡去給你打電話啊，真是的，我都不知道這電話機哪裡去買。

「你要是需要，這部電話就送給你了！」方國坤看出了劉嘯的尷尬，開口說道。

「不用了，不用了！」劉嘯擺手，「你只要告訴我哪裡可以買到這機器就行！」劉嘯可不敢用方國坤的東西，誰知道有沒有做什麼手腳。

方國坤接過電話，按了另外一個按鈕，就聽「喀」一聲，那名片又吐了出來。

「這電話很難買到，得訂製！」方國坤舉起那張名片，「包括名片也是訂製的，名片裏面加密保存了名片主人的電話號碼，插入這部電話裏，就可以和名片的主人通話，理論上，這種電話可以通過全球五百多顆通信衛星進行通話，包括軍事通信衛星在內，所以在地球上沒有通信盲點，所有通話內容都是加密傳送，而且是目前世界上加密程度最高的一種加密方式。如果要有人想竊聽通話內容，估計得動用世界上最強大的超級電腦，連續計算上七十多年，才能解開通話內容。」

「不會是賣這種電話的人吹的吧？」劉嘯接過那名片，一點也看不出有什麼出奇的地方。

「目前世界上只有不到二十個人才享受得起這種服務，電話倒是不貴，這樣一部電話機售價是三千美金左右，但這張名片太貴了，一張至少三萬美金！」方國坤看著劉嘯手裏的名片，「這裏面不光有名片主人的資訊，電話的主程序其實也存在這名片裏，插入電話後就會自動運作，沒有名片，這電話等於是空殼子。這種名片採用的材料也很特殊，折不斷，絞不爛，高溫不熔，零下六十度也不會影響它的磁性，甚至遇到絕境，還可以當成救命符，在五百多顆衛星的準確定位下，誤差不會超過十公分，你就是躲到地下，也能把你找出來！」

「哦？」劉嘯又看了看名片，搖著頭，「三萬美金做一張名片，會不會太誇張了？」

「賣的就是技術啊，呵呵，這名片還有很多其他用途，可惜除了那些名片的主人，我也不知道！」方國坤說，「這電話要不你就留著吧！」

「不用不用！」劉嘯連連推辭，「我拿著也沒用，我和老錢也不怎麼聯繫！」

劉嘯此時突然想起方國坤上次給自己的名片，那材質似乎也有些特殊，便問：「對了，你上次給我的名片，是不是也有這麼多功能？」

方國坤神情明顯停滯了一下，然後道：「我那個只是普通的名片罷了！」

劉嘯「哦」了一聲，覺得方國坤這話怪怪的，正思揣著，辦公室的門被推開了，進來的是業務部的負責人，一進門就嚷道：「劉總，好消息，好消息！」說完才看見方國坤在，「你有客人啊，那我等會兒再來！」

「不用了！」說話的是方國坤，「謝謝你今天的幫忙，你公司有事，就先忙吧，我告辭了！」

劉嘯把方國坤送出公司，一回來，業務部負責人就又迎了上來，「劉總，太好了！今天好多媒體都刊登了關於咱們新產品的報告，上次那個秒殺全球駭客的標題又被他們拿了出來，現在咱們業務部的電話都被打爆了，全是問產品什麼時候正式上市的！」

「這不在咱們意料之中嗎？」劉嘯說，「你告訴打電話來的人，快了，不會超過一個星期！」

「我就是這麼說的！」業務部負責人還是興奮不已，「剛才我一看那麼多電話，說實話，心裏還真有點害怕，就怕跟之前一樣，又是什麼壞事。現在看來，咱們軟盟時來運轉了啊，也該咱們走點好運了！」

「沒錯，是時來運轉了！」劉嘯也有這種感覺，昨天自己剛一拿到踏雪無痕提供的資料，張小花就把那十幾台電腦全部架設好了，這明顯就是想啥來啥。

「那我去忙了，我就是過來給你彙報一下這個好消息！」業務部負責人說著，就準備離開。

「以後你得適應著接受好消息！」劉嘯開玩笑說。

「是，我想我會習慣的！」業務部負責人笑著朝業務部走了過去。

劉嘯看他走遠，深深地嘆了一口氣，對軟盟來說，任何一個好消息都是來之不易的，想想自己接手軟盟後的這些事，劉嘯都已經忘記自己這一次次是怎麼熬過來的。

劉嘯就想去實驗室繼續奮鬥，看到桌上那張錢萬能的名片，趕緊拿起來，然後鄭重其事地放在抽屜裏一個專門的位置上。

「三萬美金啊！乖乖，把我賣了都不值這麼多錢吧！」再次膜拜了一下那張名片，劉嘯便奔往實驗室去。

結果一出辦公室，迎面又碰上了方國坤。

「你怎麼又回來了？」劉嘯詫異不已，自己不是剛把他送進電梯嗎，「還有什麼事嗎？」

「你剛才答應送我一套專業版的軟體，我把這事給忘了，走進電梯才想起來！」方國坤說。

「哦哦哦，對！」劉嘯一拍腦袋，「你不說，我也給忘了，這樣吧，你在辦公室裏等一會兒，我去拿！」

劉嘯把方國坤領進辦公室，然後到實驗室翻出早已設計好的專業版的樣本，燒成光碟，再回到辦公室。

劉嘯把光碟遞給方國坤，「這只是一個樣本，可能有不少瑕疵，你可以先拿回去測試，有什麼問題還請多多指教！」

「指教談不上！」方國坤接過光碟，「我就是對你這套產品的安全防護能力很感興趣。行，那我就不打攪你了，這回真告辭了！呵呵！」

「我送你！」劉嘯又送方國坤出公司的門，走了兩步，道：「我也想起一件事來，你剛才說的那個電話，是哪個公司生產的？」

「你要買？」方國坤看著劉嘯，「那我直接送你就是了！」

「那倒不是！」劉嘯搖頭，「我只是有點好奇，想不出是什麼公司能有那麼大勢力，能讓五百多顆衛星為自己服務！」

「呵呵，說實話，這公司的來歷我們也不清楚！」方國坤說完，突然非常嚴肅地看著劉嘯，「不過，我敢肯定，世上還沒有任何公司能有如此大的勢力，他們能動用這麼多衛星不假，但卻不一定全是合法的。我想，很有可能，這個公司幕後的支持者和你會是同行！」

「同行？什麼同行？」劉嘯一時沒回過味來，「他們也是做安全防護的嗎？還是……」

「駭客！」方國坤道了一聲，然後拍拍劉嘯的肩膀，「不過，我這也是懷疑罷了！好了，我走了！」

劉嘯看方國坤走進電梯，納悶了起來，方國坤這是什麼意思，他幹嘛要跟自己說這個，你愛懷疑誰就懷疑誰，關我什麼事，好像是我非法使用了那些衛星似的。

「切，早知道就不問了！」劉嘯十分後悔，自己好奇什麼不好，非得問這個，真是自己給自己找麻煩。

第二天，更多的媒體刊登了關於軟盟新產品的文章，如果說前一天那些媒體是為了搶佔第一手的新聞，那麼第二天的這些文章就更專業了，除了捧軟盟的新產品外，也拋出了很多問題，矛頭直指前一天那些媒體的膚淺和不敬業。

劉嘯看到這些文章時，差點把喝到嘴裏的茶水噴了出來，真是佩服這些媒體，同樣是報導一件事情，也同樣是在誇軟盟的產品，竟然還能搞出摩擦來，真是不佩服都不行啊！

再仔細看了看，劉嘯終於找到了自己那天特別叮囑的那些話，今天這些媒體不光報導了出來，而且還各自拋出了自己的猜測，紛紛猜測著軟盟為什麼不用這麼好的安全產品衝擊國外市場的原因。

有一些更專業的媒體，已經打聽到了之前海外安全機構聯手國內一些小安全商共同壓制軟盟的事，他們得出的結論是，軟盟應該是不想和那些機構為敵，當然，他們更多的是抨擊那些安全機構的無恥行徑。

「這下可有好戲看了！」劉嘯放下報紙，這些媒體的猜測真是五花八門，說什麼的都有，估計接下來，他們就得為這些猜測來尋找證據了，誰也不會主動輸給對方的，只要媒體能把這種狀況維持一段時間，那軟盟就一直能佔據著大家的視線。

劉嘯又到網上去看了看，同樣很熱鬧，凡是與電腦相關的論壇，都發表了軟盟要推出秒殺黑帽子大會那款產品的消息。

關於軟盟為什麼不出擊國外市場的猜測，大家也是各持己見，網友分成了好幾派，紛紛開帖大戰，有的說軟盟是怕了，有的說軟盟是想息事寧人，有的說軟盟這只是以退為進的策略，肯定還有後招。

但是也有一些非常熟悉安全界的達人，他們把那些聯手打壓軟盟的安全機構的名單統統列了出來，並且提供了這些安全機構的產品名稱、公司網站位址、聯繫電話等詳細資料。

很快，這份名單就被轉載到了所有的網站上，一些正在使用這些機構產品的用戶當即表示要放棄使用這些公司的產品，只等軟盟產品上市。而更多的人，已經跑去這些機構的網站問候去了，估計他們的客服電話此時也被打爆了。

「看看誰的麻煩大！」劉嘯笑呵呵地站起來，準備去實驗室繼續搞自己的事。

公司的員工也在紛紛議論，一個個都很興奮，看來大家的消息都很靈通，已經知道了今天媒體和網路的表現了。

「劉總，劉總！」公司的職員看見劉嘯出來，就喊道：「咱們的那款產品到底什麼時候推出啊，剛才我們好多朋友都打來電話了，都問這事呢！」

「快了，快了！」劉嘯笑著，「告訴他們，就這幾天！大家都忙去吧，別把正事給耽擱了！」

員工們笑著散去，各自忙自己的去了。

商越此時剛好走了過來，道：「我們的網站現在達到最高負荷，太多人來訪問咱們的網站，而且還有繼續增加的趨勢，我看咱們準備好的那幾台下載伺服器也得擴充，否則到時候很難保證正常運轉！」

「嗯，那就再增加幾台！」劉嘯點頭，今天真是好事連連。

「咱們真的要等易成軟體嗎？」商越看著劉嘯，「現在已經有媒體把我們送給他們的樣品程式放在自己的網站提供下載了，如果我們一直等下去，估計幾天以後，人們的新鮮感就沒了！」

「正因為這樣，我才要等易成軟體！」劉嘯笑說，「現在網上有很多人說要棄用那些歐美安全機構的產品，如果現在直接推出我們的產品，你說說看，他們真能放棄嗎？我們的產品能代替那些歐美機構的產品嗎？」

商越皺眉一想，就搖頭，然後道：「我想我明白你的打算了！」

「呵呵，我們現在的產品只能用於防止入侵和檢測木馬程式，而那些歐美機構的產品側重點則是在防範病毒上，防火牆只不過是一個附屬的功能罷了，和我們的產品並沒有實質性的重合，我們的產品根本代替不了他們的產品。網上那些人說要抵制，但如果讓他們現在就拿到我們正式版的程式，那他們的抵制就只能說說罷了，因為歸根結底，他們還是得需要一套防病毒的程式。」劉嘯頓了頓，「所以我們要等易成軟體，到時候，我們的產品和易成的防毒軟體一起推出，趁著這股熱勁，說不定還真能把那些歐美安全機構的產品給抵制回去呢！」

「那我知道了！」商越笑著，「你想得確實比我要遠一些，那我這幾天就盯著易成軟體那邊，有消息就通知你！」

「對了！」劉嘯撓撓頭，「我突然有個想法。」

「什麼想法？」商越看著劉嘯。

「我看了咱們產品的介面，總覺得不是很滿意，我想咱們是不是應該招聘一些專門做美工設計的人進來？至少得讓咱們的軟體看起來和別人的不一樣，要有一種，一種……」

劉嘯捏著下巴，一時想不起來那個詞。

「對了，工業設計，得有現在流行的那種工業設計的風格，讓別人只看軟體頁面，就喜歡上咱們的軟體！」

「這行嗎？」商越有點懷疑，畢竟軟體還是要靠技術含量和功能取勝的，這兩方面軟盟絕對沒有任何問題。

「我看能行！」劉嘯點頭，「就這麼定了，我現在就去人事部，讓他們馬上就找這種人才來，爭取能趕在咱們正式推出產品之前搞定！」

劉嘯說做就做，急匆匆奔人事部去。

第十章　鹹魚大翻身

之前那些將易成軟體封殺得十分嚴實的軟體商，此時一半是傻了眼，另外一半則是惱羞成怒，他們沒想到易成搭著軟盟的順風車，竟然來了個鹹魚大翻身，之前好幾年的努力全部成了無用功。

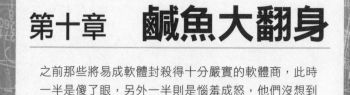

一個星期後，軟盟所有的網站同時發出公告，正式推出了自己的首款軟體安全產品，也是全球首款策略級安全產品。

因為之前很多人都從媒體的網站以及一些下載點載到了軟盟的這款產品，所以和劉嘯預想的一樣，公告發出去後，產品的下載量並不是很大。

這可把業務部的負責人急壞了，「這怎麼可能呢，這幾天媒體網上一直都在熱炒，下載量怎麼會只有這麼一點點。」

公司的幾個負責人此時都在會議室呢，會議室的螢幕顯示著軟盟下載伺服器的即時流量，這也出乎了所有人的預料，雖然大家知道媒體之前傳播的版本肯定會對軟盟推出的正式版有衝擊，但這也和自己心裏預料的數字差得太遠了。

「大家稍安勿躁！」劉嘯鎮定地說，「下載量很快就會上來的，趁著這個機會，我們商量一下今後的工作安排！」劉嘯看著商越，「技術部門仍要加快對咱們這款產品的研發進度，之前我們商量好的那些功能，必須按部就班地在三個月到半年的時間全部實現，並通過版本更新，提供給用戶使用！」

商越點頭，「沒有問題，那些功能都不難實現，但我們需要配套架設的系統太多，我會加快建設進度的。」

劉嘯點頭，「還有一件事，這次這款產品的介面和功能佈局，我們請了國內最優秀的工業設計大師進行了重新設計，因為時間緊迫，這次只推出三種風格的版本。效果大家應該都看到了，絕對比我們之前設計的要好，介面更加清晰，功能更加突出，也更加人性化，加上整體的風格和氣質，以及標誌性的LOGO，讓咱們軟體的形象有了極大的提升。所以，我想我們應該聘請專門的設計師，對我們所有的軟硬體的產品進行外觀形象和功能的設計。」

「好是好！」人事部的負責人有些拿不定主意，「但我覺得我們不必太著急，還是先看看現在這款產品推出的效果和評價再做決定吧。養一個設計師不是那麼簡單的事，這次我們只不過請人家設計了一下軟體介面和LOGO，就花了好幾十萬呢。」

「好，那咱們就等等，看看效果再做決定！」劉嘯回頭看了看大螢幕，「不過，我覺得這錢肯定花得不冤，估計效果很快就出來了。」

「網上出評測了！」商越一直盯著自己面前的一台筆電，「國內最大的IT論壇第一時間發佈了關於咱們產品的評測！我接到大螢幕上，大家看看！」

大螢幕一閃，就出現了那篇評測的標題：「如夢如幻般的藝術品！」

「軟盟今天正式推出的產品，和之前媒體提供的版本可以說是完全不一樣，九成的地方都做了改動，這完全出乎了評測人的意料，展現在眼前的簡直可以說是一款全新的產品，新版的LOGO鮮活靈動，擁有金屬質感的軟體介面，更加人性的功能，這一切只能讓評測人用一句話來感嘆：軟盟的安全水準已經是毋庸置疑的了，而軟盟能在短時間內就能將軟體完善到一種近乎於完美的程度，足以證明軟盟在軟體發展上同樣擁有強大的功力，我不得不為國內其他軟體商的前途開始感到悲觀！」

文章是國內非常有名的一個評測家發表的，他在多家專業媒體都擁有專欄，往下看，就是關於軟盟這款產品各個介面的截圖和介紹了。

大家看完後，商越又刷新了一下頁面，就見後面已經擠滿了回覆，全都是讚不絕口的，甚至有人在回覆裏說道：「太完美了，三種風格我都喜歡，強烈建議軟盟增加更換功能，否則我得為到底要下載哪一種風格的設計而頭疼了！」

「其他幾個網站也都發出了各自的評測！」商越又到別的網站去看了

看，「內容大同小異，兩個詞就可以概括所有人的評價，第一個詞是驚訝，第二個詞是滿意！大家都期待著我們能給他們更大的驚喜！」

「看看現在的下載量！」劉嘯道。

螢幕一切換，再次回到下載量的統計畫面，只見數值已經翻了十多倍，軟盟準備好的下載伺服器中，已經有兩台達到了滿載負荷！

「怎麼樣？」劉嘯笑著，「我說流量很快就能上來吧！」

劉嘯話音剛落，人事部的負責人突然站了起來，匆匆朝會議室門口跑去。

「你幹什麼去啊！」業務部負責人喊道。

「趕緊去發徵人啟事啊！」人事部的負責人回頭說，「這錢花得太值得了，這次我一定要把國內最好的設計師給找來。」

「那也不急在這一會兒嘛！」劉嘯笑說，「開完會再去！」

「不行，你們等得了，我可等不得了！」人事部負責人說完，一溜煙就跑了。

會議室裡人人哈哈大笑，剛才是他說不急的，這才多久工夫，最急的倒是他了。

來……」

「好，我們繼續開會！」劉嘯止住笑聲，「這款產品的開頭很好，接下

劉嘯沒說完，業務部的負責人也站了起來，「不行，我也去一趟！」

「你又怎麼了？」劉嘯詫異。

「我去更新網站公告啊！」業務部負責人說，「剛才不是有人在網上發牢騷嘛，我得趕緊去發個公告，就說咱們很快就會加裝那個更換的功能！你們繼續開，我馬上就回來！」說完，業務部負責人也準備開溜。

劉嘯大汗，道：「算了，大家散會吧，明天再議！」

軟盟將自己的產品和易成的防毒軟體同時推出，而且都是免費的，這確實讓很多人都沒想到，有人感到驚喜，有人則被打了一個措手不及。

當易成防毒軟體的評測一篇篇發表出來後，軟盟產品的下載量又往上飆升了一截。和國內其他幾款防毒軟體相比，易成的產品在防毒技術核心上就要領先好多年，對付已知病毒，大家都差不多，但在對付未知病毒的入侵方面，易成的領先優勢就凸顯了出來。和國外最好的防毒軟體比，易成除了在病毒查殺速度上稍微有點劣勢，其他方面就是有過之而無不及了，再加上是

免費使用，用戶根本就沒有拒絕的理由。

然而易成並沒有滿足，他們看到這些評測後，向軟盟提出要求，希望軟盟能派一些技術高手過去，協助他們解決這個殺毒引擎執行速度太慢的問題，他們希望自己的軟體和軟盟一樣，能在所有方面都超越市面上的同類軟體。

之前那些將易成軟體封殺得十分嚴實的軟體商，此時一半是傻了眼，另外一半則是惱羞成怒，他們沒想到易成搭上軟盟的順風車，竟然來了個鹹魚大翻身，之前好幾年的努力全部成了無用功。

這些軟體商便把怒火轉到了軟盟頭上，之前雇用的那些槍手全部調轉槍頭，朝著軟盟齊齊開火。可惜他們挑錯了時候，現在從專家到用戶，所有人都在說軟盟的產品好，他們此時跳出來抵制，猶如是大海裏的一小撮浪花，撲騰兩下就沒影了。

文的不行，這些軟體商就來武的，他們派人攻擊軟盟的下載伺服器和官方網站，不過，劉嘯對他們這招早有預料，早早就加強了伺服器的安全措施，在軟盟一幫國內最頂尖的安全專家面前，防毒軟體商放出的攻擊能力，簡直就是撓癢，根本無法威脅到軟盟伺服器的正常運轉。

而且，他們低估了劉嘯，劉嘯早已不是剛出學校時的那隻逆來順受的小綿羊，他們想玩陰的，那劉嘯十分樂意陪他們玩陰的。

在劉嘯自己親自赤膊上陣，對那些防毒軟體商的伺服器進行了連續幾天的左突右殺、狂轟亂炸後，那些軟體商很快意識到自己這次挑錯了對手，跟軟盟這幫精英駭客們玩網路攻擊，就好比是魯班門前耍大刀，自己根本不是個咖。

於是，這些國內的軟體商只好鬱悶地偃旗息鼓，甚至有的還在自己的伺服器上安裝了軟盟的反入侵系統，頗有一點「以彼之術，還制彼身」的意思。

反正他們也想通了，受損失又不光只有自己，那些國外軟體商的損失更大，他們的用戶在服務到期後，續費的機率是直線下降，不到以前的一成，剩下的全都投入了軟盟和易成的懷抱。這些軟體商雖然不甘心，也只好坐山觀虎鬥，期待著國外的這些軟體商能拿出個對付軟盟的辦法來。

這一等，就是一個月。

今天是軟盟每週例會的時間，劉嘯來得有點晚，走進會議室，幾個部門的負責人都已經到了。

業務部的負責人背對著門口，沒看見劉嘯進來，就見他手裏捧著茶杯，站在那裏大吹特吹。

「咱軟盟一直以來，最炙手可熱的，就是我這個業務部主管了。以前吶，天天有人追著給我打電話，一接，全都是找麻煩的，不是說哪裡出了什麼問題要索賠，就是懷疑我們的產品安全性能差，搞得我焦頭爛額。現在呢，我還是被人天天追著打電話，不是問咱們企業版專業版的產品什麼時候上市，就是哭著喊著要請我吃飯的，為的是啥？就為了能讓我給他們走走後門，把他們的安全項目往前提一提！」

業務部負責人吹得唾沫星子亂飛，另外幾個人都是躲得遠遠的，生怕被濺到。

業務部負責人說得有些口乾，抿了口茶後，絲毫沒有歇息的意思，繼續道：「你們是不知道啊，都快煩死我了，找我的人太多，躲都躲不及！不光是我，就我手底下的那二十幾個業務員，以前是天天跑出去拉客戶，現在倒好，全跟我這個主管一個待遇了，往那一坐，從早到晚電話接不停。唉，業務做到這樣，我也算是前無古人，後無來者了！」

眾人都面露微笑，一方面是因為這傢伙太搞笑，再是大家已看見劉嘯站在他背後，不過誰也沒告訴他。

「很煩是吧！」劉嘯拍了拍那傢伙的肩膀，「那我給你派個輕鬆的活吧！」

「啊！」業務部負責人回頭看見劉嘯，大吃一驚，然後向眾人瞪了一眼，看著劉嘯笑道：「別呀，你還是讓我被他們煩死算了！」

「哈哈！」眾人都是大笑。

劉嘯也笑呵呵地坐了下去，「好了，咱們開會吧！」

劉嘯看著業務部的負責人，笑道：「我看你手底下的那些人怕是閒不住了，今天要說的第一件事，就是咱們策略級產品的企業版和專業版已經開發完成，明天就會正式推出。」

「肯定好賣！」業務部負責人回說。

劉嘯搖了搖頭，「咱們的個人版之所以能迅速打開市場，一是因為黑帽子大會之後的炒作，二是因為完全免費，可是企業版和專業版是不會免費的。咱們在個人版上的投資，陸陸續續已經有好幾千萬，雖說我們是佔領了市場，可在這個項目上，咱們一分錢的收入都還沒有，要是長時間持續下去，公司的營運是會出問題的。所以，企業版和專業版很大程度上關乎著咱們軟盟是否能夠正常運作，你的業務部必須按照事先制定好的推廣計畫進行大力推廣，爭取在最短時間內打開企業版和專業版的市場！」

「嗯，放心吧！」業務部負責人點頭，「明天我就把咱們的業務員全都轟出去，我自己也到客戶那裏跑一跑，向他們介紹咱們的新版本。」

「很好！」劉嘯點點頭道：「咱們公司的技術員現在已經都基本回來了，上次惡意襲擊我們客戶的事情也算是有個了結，接下來，咱們的主要精力就要投入到新項目上，安全協調技術的研究、網情部的建設，全部都要加緊。與此同時，以前固有的幾個項目也不能放鬆，在資金和人員調配上全都要支持到位！」

眾人點頭表示同意。

「商越，易成軟體那邊有消息沒？」劉嘯問道。

商越比剛到軟盟的時候幹練了好多，道：「他們的即時救助平臺已經建立，我們已經做了測試，沒有任何問題，可以在下一個版本的更新中，添加上這個功能了！」

「那明天我們就把個人版的新版本和專業版、企業版一起推出吧！」劉嘯交代，「有了這個即時救助的平臺，咱們的客戶就可以享受到隨時隨地的專家級病毒救助，同時，我們也可以藉此打造一個世界上最大的病毒監控系統。現在病毒的製造越來越簡單，會寫程式就能寫出病毒，與此同時，病毒的傳播途徑卻越來越多，僅靠反病毒廠商的監控系統，想要全面監控新病毒，已經是力不從心了。有了咱們這……」劉嘯說到這，突然看著業務部負責人，「咱們的個人版，現在到底有多少用戶了？」

「超過五千萬了！」業務部負責人道。

「回頭你把相關的資料拿過來給我！」劉嘯說了一聲，又道：「用戶如果覺得某個程式可疑，或者是我們的程式發現用戶的電腦裏存在無法判斷的可疑程式，在經過用戶同意後，就會把這些可疑程式提交到我們的這個平臺，交給專家去分析，有了這超過五千萬的用戶給咱們提供新病毒的資訊，那我們就可以第一時間得到最新最全的病毒資訊，做出最準確的判斷，並搶在別人前面發佈預警、更新病毒庫、提供解決方案。」

劉嘯說完，看大家都沒說話，估計是自己說走題了，於是就咳了兩聲，道：「大家還有什麼其他的事要說嗎？」

眾人互相對視了一眼，似乎都沒什麼事要說，最近情勢大好，哪有什麼事呢。

商越想了想，道：「我覺得我們出擊國外市場的時機差不多成熟了！」

「為什麼？」劉嘯看著商越。

「自從我們的產品上市後，歐美方面就一直有人在破解我們的產品，主要是為了解除我們對於境外ＩＰ使用的限制。根據我們技術部門的監控，過去一個月內，歐美的互聯網上共出現超過八十個的破解版本，雖然我們技術部門通過及時的更新，已經封殺了這些破解版本，但對方的破解行為仍然在繼續，而且有愈演愈烈之勢，破解的速度也是越來越快了。」

商越頓了頓，又說：「一些歐美的專業安全論壇上，也已經開闢了專門的版塊來討論和研究我們的產品，他們對於我們產品的評價很高，破解版的下載量也非常大，但他們對我們的封殺政策很不滿。這幾天，有不少歐美的用戶跑到我們的官方網站上來抗議，說我們不肯把這麼好的產品提供給歐美用戶使用，是對他們的歧視，他們要一直抗議到我們改變政策。」

「還有這事？」劉嘯笑了起來，「那就讓他們抗議去吧！」

商越一皺眉，「我覺得我們不應該再繼續限制海外用戶了！之前我們限制，是因為歐美的安全機構聯手詆毀我們的產品，我們不願意跟他們糾纏，可那邊市場已經見識到了我們的產品，如果再繼續拖下去，恐怕也不是什麼好事！」

劉嘯想了想，道：「不用理他們，我就是要拖著他們，一直拖到他們主動打開大門，歡迎咱們的產品到他們那邊去！」

「就怕拖久了，反讓歐美那些機構撿了便宜！」商越沉著眉，「沒有永遠領先的技術，我想歐美那些安全機構現在除了防備咱們外，也應該已經加緊了新技術的研究，隨時準備對付咱們的衝擊。」

「這我也想到了！」劉嘯嘆了口氣，「可現在還不是時機啊，再等等吧，看看情況再定！」

商越不好再說什麼，「那就先這樣吧，有什麼情況，我再跟你彙報！」

散會之後，劉嘯剛回到自己辦公室，業務部負責人進來，手裏抱著一疊報表，「劉總，你要的資料我給你拿過來了！」

「好！」劉嘯接過來，「我看看！這些資料是根據什麼統計出來的？」

劉嘯翻著那些報表。

「這些資料是根據伺服器上的更新資料統計出來的，應該說是很真實客觀的，我們這個月，版本更新了十多次，有超過三千萬的用戶進行了全部更新，半數更新的用戶也超過了五千萬套！」業務部負責人報告著，「根據其他軟體下載站的統計，這套個人版的下載數量，過去一個月一直位列第一，還入選了必備軟體之列。」

「很好！」劉嘯很高興，「我前幾天讓你做調查，你做了沒有？」

「做了，根據調查結果顯示，有百分之九十二點五的用戶對我們的個人版非常滿意，認為還需要改進的，只有不到百分之一。」

「五千萬……」劉嘯念著這個數字，只一個月的時間，便擁有這麼大數量的用戶群，確實有點出乎了劉嘯的意料，他原本是打算用三個季度的時間做到兩千萬，看來這段時間媒體的炒作，確實是極大提高了軟盟的號召力。

「劉總，還有事沒？沒事我就先忙去了！」業務部負責人準備要走。

「哦，沒什麼事！」劉嘯沉吟了一下，又道：「你回去後好好琢磨一下，看看咱們怎麼樣才能把這五千萬的客戶資源利用好！」

等他一走，劉嘯又拿著那些報表翻了翻。

劉嘯在屋子裏踱了幾圈，自言自語道：「這發展得也有些太快了，看來該有人要上門來了！」

話音剛落，接待美眉就敲門進來了，「劉總，微軟亞洲區總裁康麥克先生來了，他想見你！」

「不會吧！」劉嘯被自己給嚇了一跳，自己才剛想著策略級產品的號召力如此之大，康麥克就冒了出來。

「劉總！」接待美眉見劉嘯有些發呆，便又問道：「見還是不見？」

「哦！」劉嘯回過神來，道：「人家都過來了，當然得見了！」

「我把他安排在小會議室了！」接待美眉說道。

「行，你去告訴他，說我馬上就到！」劉嘯走到一旁的文件櫃，把手裏的報表塞了進去，朝小會議室去。

「你好，康先生！」劉嘯笑著推開小會議室的門，「今日貴客登門，我們軟盟真是蓬華生輝啊！」

「劉先生太客氣了，我們見過面，按照你們中國人的說法，『一回生，二回熟』，我們是熟人了，我看你就不用客氣了吧！」康麥克笑著和劉嘯握手。

劉嘯有點意外，這老外還挺了解中國文化啊，一回生二回熟都用上了，看來是有備而來啊。

「那我就不和你客氣了，來，坐吧！」兩人都坐定了，劉嘯道：「不知道康先生這次到軟盟，是為何事而來？」

「我這次來，還是為咱們雙方合作的事情來的！」康麥克笑了笑，「上次在封明的時候我們就談過，雖然劉先生拒絕了，但我仍認為我們雙方的合作是雙贏的，是有實現的條件和可能的。所以從封明回來後，我又聯繫了你兩次，不過貴公司的人說你去雷城出差，剛好我那時也有事被召回總部，就給耽擱了下來，不過，我一直都把這事放在心上，所以剛從總部回來，便又過來了，我非常想促成我們的這樁合作！」

劉嘯「呵呵」地笑著，「康先生的誠意讓我非常感動！」

「誠意是合作的基礎！」康麥克看著劉嘯，「我們微軟對於此次的合作，抱有極大的誠意！」

「這一點我完全相信！」劉嘯點著頭，表示贊同康麥克的說法。

「那劉先生是否會重新考慮我們之間的合作？」康麥克問道。

「如果微軟的合作方式沒有改變的話，那我們的態度也不會發生變化！」劉嘯說完，又解釋了一下，「這和誠意不誠意是沒有關係的，是我們軟盟在公司的發展方向上，有自己的原則和打算，我們想做出自己的品牌，而不是給人代工！」

「合作方式完全可以再談！」康麥克笑了起來，「只要彼此都有合作的誠意，任何合作方式都可以談！」

「這麼說，康先生肯定是帶來了新的合作計畫？」劉嘯看著康麥克。

「上次的合作計畫，確實對貴公司有些不公平，你們在安全領域內有著自己獨特的技術優勢，應該擁有一個品牌！」康麥克咂了咂嘴，道：「如果我們把微軟的這塊牌子給你們使用，你覺得如何？」

「呃？」劉嘯一下沒明白康麥克的意思。

「我知道最近一段時間內，貴公司在擴展海外市場上遇到了一些麻煩，歐美的安全機構聯合起來抵制貴公司的新產品，在這種情況下，貴公司想獲得海外市場的發行權將非常困難，貴公司作出暫時不出擊海外市場的決定，我想很大程度上是因為這個原因吧？」康麥克看著劉嘯。

劉嘯不置可否，沒有回答康麥克的問題。

康麥克沒有得到劉嘯準確的答覆，便有點摸不準了，只得繼續道：「想必你也知道，我們微軟早在兩年前，就開始進軍安全市場，推出了一系列安全軟體，我們在全球佈署了大量的人力，打造了一個巨大的銷售網路，也獲得了全球所有市場的入場證。但遺憾的是，我們的安全業務一直沒有起色，一方面是高昂的成本，另一方面是各路安全機構的低價廝殺，我們在安全業務上一直處於入不敷出的狀態。上次我們原本的合作計畫，是想讓劉先生為我們設計一款作業系統附帶的防火牆，這次我來，卻是有更大的合作想要和劉先生做。如果我們把微軟的安全業務交給劉先生的公司來做，不知道劉先生有沒有興趣？」

「什麼意思？」劉嘯有點意外，「具體說說！」

「總部有意把我們的安全業務打包後移交給貴公司來運作，包括品牌、業務、銷售網路，以及銷售許可！」康麥克站了起來，「劉先生的公司想要拓展境外安全市場，卻苦於沒有入場證，而我們卻為這個燙手的山芋而發愁，如果我們之間能達成合作，那麼貴公司立刻便會擁有一個覆蓋全球的銷售網路，獲得所有市場的入場證，而且能夠擁有並使用一個全球知名的品牌——微軟，然後將自己的產品銷售到世界的任何一個角落，而我們也能從痛苦中解脫出來。」

「你們是要把微軟在安全領域的品牌轉讓給我們？還是把使用權授權給我們？」劉嘯問。

「授權！」康麥克趕緊道，「微軟的品牌是一個整體，無法分割，但只要是在安全領域內，你們就可以使用微軟這塊品牌！」

「哦！」劉嘯點了點頭，「你們想把安全業務轉讓給我們，我們倒是挺願意合作的，說實話，我們現在就缺一個現成的銷售網路，但能不能再商量一下？」

「可以可以！」康麥克笑著，「一切都可以商量！」

「我想微軟真正發愁的，是這個龐大的銷售網路，對吧？」劉嘯問著。

「對，網路過於龐大，但銷售卻打不開局面，入不敷出！」康麥克嘆著氣。

「既然你們如此有誠意，又主動上門找到了我這裏，那我們無論如何都得幫你們這個忙，你放心，你們的這個銷售網路我全盤接收了！」劉嘯一咬牙，「這個包袱，我們替你背了！」

「太好了，太好了！」康麥克那表情，像是想撲上去啃劉嘯兩口。

「不過！」劉嘯一抬手，「我們不能做趁人之危的事，你們的銷售管道我要了，但你們的品牌，我們萬萬不能接受！」

康麥克的笑容凝結在了臉上，「為什麼？」

「實在是微軟這塊牌子含金量太高了，我們軟盟生怕自己能力有限，回頭再把微軟這塊牌子毀在了我們手裏，那我們的罪過可就大了。」劉嘯笑呵呵地說著，「再說，要是以後市場好轉，你們還可以再次進軍安全市場嘛，憑著微軟這塊品牌的號召力，再加上這次的經驗教訓，我想微軟必定能延續自己在作業系統市場上的輝煌。」

「劉先生實在是太謙虛了，我們完全相信你們的實力，你們的安全技術絕對是世界一流的！」康麥克拼命地誇，「由你們在安全市場來運作微軟這塊品牌，實在是再合適不過了！」

「不行，不行，這絕對不行！」劉嘯還是笑著推辭，「你們苦心經營幾十年，才有了微軟今天的這番氣象，我們就是要冒險，也不敢拿著微軟這塊牌子去冒險，我們負不了這個責！」

「劉先生是不是擔心轉讓費用？」康麥克以為劉嘯這是在指東打西，便道：「我們不會收取任何轉讓費用，只要你點頭，我們隨時會把一切手續轉交給軟盟！」

「不是錢的問題！」劉嘯笑著，「這樣吧，你們開個價，只要在合理的範圍內，我們絕不還價，全盤把你們的銷售網路接手過來，說句實話，我本人對微軟非常仰慕，很樂意幫微軟解脫這個包袱，但我們絕對不能用微軟這塊牌子，我們配不上吶！」

「這……」康麥克杵在了那裏，「我……」

「我們軟盟剛好缺少的就是一個龐大的網路，康先生，太謝謝你了，你這次帶來的合作項目我非常感興趣！」劉嘯站起來，激動地拽過康麥克的手，「還請康先生多費心，務必促成這樁合作啊！」

「會的會的！」康麥克收回自己的手，頭上開始冒汗，「我一定把劉先生的意思轉達給總部！」

「那我就恭候康先生的佳音！」劉嘯笑著。

「一定，一定！」康麥克神色有些不自在，「那我就先告辭了！」

「我送你！」劉嘯笑呵呵地在前面帶路，一直把康麥克送出公司，看著他進了電梯。

電梯門一合，劉嘯就朝電梯比了比中指，「靠，傻子才會用你們的品牌！」

劉嘯對這個康麥克很不爽，這簡直就是在侮辱自己的智商，以為自己會跟某些人一樣，一聽說可以使用微軟這塊牌子，就覺得是天底下最大的榮幸，這和之前在封明提出的合作其實是換湯不換藥。之前是想讓自己給微軟當個長工，現在不過是換個形式，讓自己給微軟當個佃戶，品牌的所有權仍在微軟手裏，只是給自己一個使用權，說得通俗點，就好比莊稼是自己種的，可是卻長在別人的地裏。

「要是把微軟這塊牌子送給我，那老子就要，絕不和你客氣！」劉嘯撇了撇嘴，使用權自己可沒什麼興趣。劉嘯回頭走到接待美眉跟前，「以後微軟再來人找我，就說我出差了，什麼時候都不見！」

接待美眉愣住了，不知道劉嘯這是發什麼神經，等回過神來，劉嘯已經進了公司。

劉嘯走到辦公室門口，正準備進去，卻差點嚇了一跳，商越在自己辦公室裏正好準備往外走，兩人撞了個滿懷。

「商越，你有事啊？」劉嘯穩住身形，問道。

「有……有點事，拿不定主意，想和你商量商量，等你半天了，剛想要走，你就回來了！」商越趕緊往後退了幾步，和劉嘯保持點距離，臉色有些羞紅。

劉嘯進了辦公室，「那剛才開會的時候怎麼不說啊！」

「是上次你跟我說的事，讓我密切注意網上的一切動態！」商越吸了口氣，「最近確實發生了一件很奇怪的事！」

「哦？」劉嘯頓時來了興趣，「快說說看！」

「最近網上突然有許多個神秘組織，暗地裏放出風聲來，說要大量收購殭屍網路，而且開出的價格不低。」商越頓了一頓，「不少的神秘組織都把自己手裏的殭屍網路給出售了，現在全球的殭屍網路開始迅速集中，這些神秘組織手裏掌握的殭屍電腦的數量，已經到了讓人恐怖的地步了，但我不知道這些人同時收購殭屍網路的目的是什麼，他們想幹什麼呢？」

劉嘯也挺意外，「消息確實？」

「確實！」商越點著頭，「我注意很長一段時間了！不會真讓那個風神給說中了吧，又到了網路危機的輪迴時刻了？」

劉嘯沉著眉，在屋子裏踱了幾圈，然後道：「這些人收購殭屍網路，肯定不會是懷著什麼好意的，他們一定是想製造出一些事端來。」

「那我們該怎麼辦？」商越看著劉嘯。

「殭屍網路能幹什麼呢？」劉嘯問了商越一句，隨後自說自話道：「不外乎是發動令人厭惡的洪水攻擊了，看來我們軟盟一展身手的時候就要到了！」

「你是說咱們反攻的時機到了？」商越再問。

「是！雖然我們不能確定他們攻擊的目標是誰，但從他們如此大動干戈地籌畫準備來看，他們的攻擊目標一定是個大目標。你想想看，全球的殭屍網路都迅速聚集到極少數人手裏，那他們發動的攻擊必定會是史無前例地強大，波及的範圍，以及造成的影響都不會小，不管是誰，想要應付如此巨大的洪水攻擊，都不是一件容易的事。如果我們能抓住這個機會，一舉擊潰洪水攻擊，那全世界都將會記住軟盟這個名字！」

劉嘯顯得很興奮，他一直都在等機會，現在看來，機會似乎離軟盟不遠了。

「咱們具體要怎麼做？」商越看著劉嘯。

「製作一款全球最好的抵禦洪水攻擊的產品！」劉嘯說著，「我們要在最短的時間內，開發一款和之前所有抵禦洪水攻擊的軟體都不一樣的產品，這個由我來親自負責！」

「那我呢？」商越急了。

「你繼續負責監視事態的發展，試著找出他們的攻擊目標！」劉嘯頓了頓，「有目的的攻擊，肯定會有個理由的，根據以往的經驗，這個理由一定不會來自駭客圈和安全界的內部，而是來自外部，你這幾天就多多關注一下世界上每天發生的重大事件。找不出攻擊目標也不要緊，要估算他們行動的具體時間，收購殭屍網路的行為一旦停止，那距離他們發動攻擊的時間就不遠了，我們要趕在他們攻擊之前發出預警，好歹也要體現一下咱們網情部的價值！」

「我知道了！」商越點頭道。

請續看《首席駭客》八 網路戰爭

首席駭客 七 風雲際會

作者：銀河九天
發行人：陳曉林
出版所：風雲時代出版股份有限公司
地址：105台北市民生東路五段178號7樓之3
風雲書網：http://www.eastbooks.com.tw
官方部落格：http://eastbooks.pixnet.net/blog
Facebook：http://www.facebook.com/h7560949
信箱：h7560949@ms15.hinet.net
郵撥帳號：12043291
服務專線：(02)27560949
傳真專線：(02)27653799
執行主編：朱墨菲
美術編輯：吳宗潔

法律顧問：永然法律事務所 李永然律師
北辰著作權事務所 蕭雄淋律師

版權授權：蔡雷平
初版日期：2015年10月
初版二刷：2015年10月20日
ISBN：978-986-352-185-3

總經銷：成信文化事業股份有限公司
地　址：新北市新店區中正路四維巷二弄2號4樓
電　話：(02)2219-2080

行政院新聞局局版台業字第3595號 營利事業統一編號22759935

定價：280元　特惠價：199元

國家圖書館出版品預行編目資料

首席駭客／銀河九天 著. -- 初版. -- 臺北市：
風雲時代，2015.04-　冊；公分

ISBN 978-986-352-185-3（第7冊；平裝）

857.7　　　　104005339